へぶん99
illust. 生煮え
GCN文

なぁ。
恋人同士が部屋のなかで二人きりって状況
オマエならどうする？
視野いっぱいに少女のぎらついた双眸だけが映った。
夜闇に浮かぶ鷹の眼のように、
異質な雰囲気を纏った螺旋状の瞳だ。

覚悟、決められるか。
できるのか、じゃない。
やるんだよ。やるしかない。
ここはそういう世界なんだ。
――だからさ。

# 全員覚悟ガンギマリなエロゲーの邪教徒モブに転生してしまった件

著：へぶん99
イラスト：生煮え

GCN文庫

# 目次

# 一章　一般人 in 邪教

生物の気配がしない月明かりの夜。フード付きの外套を羽織った黒ずくめの集団が、引き絞ったクロスボウを構えながら森の中を歩いていた。

集団の一人であった俺は、四方の闇に神経をすり減らしながら歩みを進める。

俺達は森の中に逃げ込んだ敵を追って編制された小隊だ。その数、十人。いずれも訓練された『アーロス寺院教団』教徒である。

数時間前、俺達は教団の幹部にとある任務を任せられた。森に逃げ込んだ女を殺してこい、という任務である。

教団に近づいた不届き者がいたのだろう。そういう輩を排除する任務が下りてくるのはよくあることだった。

「っ！」

前方で斥候を務めていた男――確かロイドという名前――が「止まれ」の合図を出す。

ハンドサイン曰く、敵を見つけたらしい。斥候の後方についていた俺達は即座に腰を折り、周辺環境の警戒に当たる。

斥候のロイドの手が示す先へ目を凝らしてみると、茂みの向こう側に崩れかかった廃屋が見えた。直後、廃屋の中で蹲《うずくま》る目標の女を目視。俺達は幹部から彼女の首を要求されている。思わずクロスボウを握る手に力が入るのを感じた。

全員が敵の姿を認識すると、ロイドは人差し指をくるくると回す。「取り囲め」の合図だ。俺達は頷き合った後、足音と呼吸音を立てずにゆっくりと廃屋を取り囲み始める。

完全に包囲された敵。彼女は俺達の接近に気づいていないのか、腹部の治療に夢中だった。露出した肌に刻まれた生傷は寺院教団の者と戦った際にできた傷だろう。

ただ、彼女の治癒行為を黙って見ているわけにもいかない。このまま放置すれば女を取り逃がす可能性が生まれてしまうからだ。

ロイドの決断は早かった。彼はクロスボウ発射の合図を出した。

それと同時、俺達十人は一斉に矢を放つ。鏃《やじり》に猛毒の付着した矢だ。直撃すればもちろん、掠るだけでも絶命は免れない。加えて、常人ならば反応することすらできない強化クロスボウから放たれた矢だ。それが四方八方から十本分。絶対に避け切れない。

（確実に殺った。相手が原作キャラじゃなければの話だが――）

そんな思考が脳裏を掠めた直後、たんたん、と木を貫く乾いた音が響き渡った。

「なっ――」

誰かが抜けた声を上げる。俺達が注目する中、十本の矢全てが女を避けるように不自然な軌道を描いたのだ。

――矢避けの加護。

そんな言葉が脳裏を過ぎって、俺は全てを察した。

(間違いない、アレは原作キャラが使う魔法の一種だ！)

風の魔法使いに対して弾や矢の類は無意味だ。俺は女の正体を悟って剣を抜く。

しかし、彼女を只人と考えていた他の者は、有り得ない状況を前にして一瞬の思考停止状態に陥ってしまっていた。

そんな隙を敵の女が見逃すはずもなく――まず、ロイドの首が飛んだ。一人、また一人と頸部を薙ぎ払われていき、時計回りの順番に兵士の首が宙を舞う。瞬く間に四人、いや五人が絶命した。

(クソクソクソ!!　何でこんな時にネームドがっ!?)

血飛沫の雨の中で躍る銀髪の女。その姿を見間違えるはずがない。

彼女は風の魔法使い――セレスティア・ホットハウンド。俺の所属する組織『アーロス寺院教団』と敵対する『ケネス正教』幹部序列七位のシスターであった。

セレスティアは原作で所謂『弱キャラ』に位置する人間だが、それはあくまで英傑や怪物の蔓延《はびこ》る原作世界での話。俺達のような力なきモブは逆立ちしたって敵うはずがなかった。

セレスティアは右手にナイフを構えながら、風の魔法を利用して木々の隙間を縦横無尽に飛び回る。常人には不可能な移動動作は生き残った教徒に動揺を与え、敵対相手が只人ならざる者なのではという予感をもたらした。

精神的優位が崩壊し、狩る側から狩られる側に回った俺達の瓦解は早かった。

「ぐあぁぁっ!?」

「うがっ！」

あっという間に連係が機能しなくなり、周囲の教徒は悲鳴を上げながら肉塊へと変えられていく。

（ウソだろ、こんなに人数差があるのに――）

厳しく訓練されたからこそ分かるが、俺達兵士は一般人が相手なら確実に負けないだろうという自負がある。

だが、敵は一般人に非ず。セレスティア・ホットハウンドという魔法使いは俺達にとって災害同然の不可逆な存在であり、頭のおかしい化け物でしかない。奴らの扱う理不尽な力の前には無力なのだ。残った教徒達も次々に討ち取られていく。

隙を見て逃げることすら許されない。逃げられないのなら、戦うしかない。たとえ死ぬと分かっていても。

「おっ、オクリー！　どうすりゃこいつに――」

数少ない顔見知りの兵士が涙を流しながら振り返ってくる。

「お話ししている暇はありませんよ？」

「あっ」

柔和な女の声が飛ぶと同時、目の前を不可視の衝撃波が過《よぎ》った。

風の刃、鎌鼬《かまいたち》。その風圧で視界が奪われる。背景の輪郭が歪む。程なくして瞼を開くと、そこには上半身と下半身に分断された兵士の姿があった。

「お……くりぃ……」

涙面の男は俺の足にしがみつくと、血走った目をかっと見開いたまま事切れた。何をされたのかすら分からないまま。

俺には分かる。風の魔法で攻撃されたのだ。ただ、それが判明したところで対処法がない。俺は魔法も異能も使えないモブだから。

（どっ――どうするんだよ!?　勝てるわけがない!!　でも……ここから逃げられるわけでもないし……!!）

雑魚だから勝てないのか、勝てないから雑魚なのか。最後の一人になって追い詰められた俺は、がたがたと震えながら剣を構えた。

その情けない様子を見て溜め息を吐くセレスティア。彼女は呆れたように蔑んだ視線を向けてくる。

「十名の雑兵でわたくしを仕留められるとお思いで？　それともわたくしの正体を掴めていなかったのですか？」

――あぁ、原作と同じ声だ。透き通るような美しい声。

歯をかちかちと鳴らしながら、俺は涙ながらに笑った。

銀の髪。紫の瞳。素肌を隠す修道服。ゆるふわな女性かと思いきや案外戦闘狂で危なっかしいところがあって、優しさの奥底に揺るがぬ芯があって。

原作であれば頼れる上に可愛いシスターだったのに――敵に回すとこんなにも恐ろしい。

「では、さようなら。哀れな邪教徒さん」

セレスティアはこちらに手のひらを向けてくる。最悪だ。終わった。無駄な足掻きすらできない。貧相な剣を構えたまま、その覚悟すら出来ないで俺の人生は終わるのだ。

腰が抜けそうになって、数歩後退する。そして、倒れそうになった目の前の風景が歪む――その直前。遥か後方から超高速で飛来する物体があった。

「っ!?」

セレスティアが攻撃の気配を察して息を呑む。矢避けの加護を受けているはずの彼女は、飛来物体に対して大きく回避行動を取った。直後、セレスティアが元いた場所は謎の物体の直撃を受けて爆散していた。

着弾点の程近くにいた俺は衝撃と爆風によって吹き飛ばされ、後方の木の幹に背中から叩きつけられた。

「がっ……は！」

赤熱した違和感が全身に走る。少し遅れて脳天をかき鳴らすような耳鳴りが起こり、俺は熱を伴った衝撃に打ちひしがれた。

血を吐きながら地面でもがいた後、俺は新たなる化け物の襲来を察した。

あぁ、アイツが来た。最悪だ。『アーロス寺院教団』幹部序列六位、ヨアンヌ・サガミクス——教団きっての狂人が駆けつけてしまったのだ。

飛来した物体の正体は——ヨアンヌの生首。

遥か彼方から降ってきた衝撃でヒトの頭部と分からぬほど歪み損傷した頭蓋だったが、辛うじて眼窩《がんか》に留まった眼球が強い意志を帯びると同時——たちまち外傷や欠損が解消され、顎の下からうねる脊椎が生えてきた。

脊椎が尾の如く直下へと伸びていき、身体の中心部に脈打つ血管や組織が形成され、成長し、敷き詰められていく。四肢へと至る骨格が整い始め、遂に真っ白な皮膚が肉の表面にコーティングされる。

生首から全身を再生させた少女は、生まれたままの姿でけたけたと笑っていた。

ヨアンヌの生首が飛んできてから、僅か数秒の出来事だった。

「そこのオマエ、マーカーの役割サンキューな」

治癒魔法。それは、アーロス寺院教団及びケネス正教の幹部が持つ奇跡の力である。ヨアンヌはその力を用いて遠方からやってきたのだ。

「くっ……ごほっ！　め、滅相もないです……」

俺は血痰を吐きながらヨアンヌに返事する。彼女の機嫌を損ねた瞬間、俺はハエを潰すかの如く無感動に殺されるだろう。返事をしなかった場合でも、それはそれで機嫌を損ねるのでお終いである。

突然現れたヨアンヌに対して下手なことを言えば死ぬし、この場から逃げても死ぬ。セレスティアと戦っても死ぬ。俺は一体どうすれば良いのか。

情けなく泣き出してしまいそうになりながら、息を殺して幹部同士のいがみ合いを見守る。

二人は一定距離を保ちながら睨み合い始めた。

「……ヨアンヌ・サガミクス。穢らわしい邪教徒の犬が」

「あぁ……教祖様の素晴らしさが分からない哀れな蛆虫セレスティア。久しぶりだな」

「貴女、以前より吠えるようになりましたね？」

お互いへの黒い感情が垣間見える罵倒の後、沈黙。セレスティアのつま先に力が入ると同時、それに反応したヨアンヌが跳躍する。化け物同士の戦いが始まった。

——この世界では、治癒魔法が使えなければ話にならない。

苛烈な戦いの中で身体が千切れるのは当たり前。当然、身体の大部分が吹っ飛ぶことも計算に入れて戦わなければならないのだ。

欠損部位は即座に回復できない方が悪い。全身を木っ端微塵にされたくらいで死ぬ方が悪い。そういうレベルの戦いが巻き起こっていた。

血潮が飛び散り、どちらのモノとも分からぬ肉塊が舞い踊る。ヨアンヌに至ってはわざと首を切り離して肉体を飛び地から再生させた後、セレスティアに向かって死角からの奇襲を仕掛けているほど。

(何なんだこいつらは……！　意志の力がぶっ飛びすぎてるというか、覚悟がガンギマリすぎるだろ……！)

ヨアンヌの強靭な膂力から放たれる弾丸のようなパンチで、奇襲を防御し切れなかったセレスティアの右腕が吹き飛ぶ。

だが、セレスティアは動揺しない。彼女は根本から断たれた右腕を風の魔法で操り、瞬時に別角度からの魔法射撃を試みていた。

あまりにも目まぐるしすぎる攻防に置いて行かれっぱなしだ。俺みたいな一般人は、次の展開の予想すらできない。

宙に留まったセレスティアの右腕から風の塊をぶつけられ、背中からの射撃を受けたヨアンヌは全身を粉微塵に切り刻まれた。肉体の全てをサイコロ程の大きさに切断され、彼女の姿は見る影もない。

もちろん粉々になった程度では死なないので、ヨアンヌは肉片が飛散し切らないうちに完全復活して肉弾戦を仕掛けていたのだが――

ヨアンヌの特性は、治癒魔法を持つ者の中でも最上級クラスの効力を有する自己再生能力である。

セレスティアのような個性ある風の魔法は一切使えないが、その代わりに肉体の回復速度が異常に速い。どれだけ殺そうとも即時復活してくるので、セレスティアにしてみればヨアンヌとの戦闘はキリがない。

セレスティアに同情する気はないが、ヨアンヌの不死身っぷりは度を越えていた。

「威勢が足りないいんじゃないの、セレスティアァ!?」

しかし、ヨアンヌが怪物ならセレスティアもまた怪物。どれだけ身体を吹き飛ばされようと、セレスティアにも身体を復活させられる治癒魔法がある。ケネス正教のシスターは類稀な精神力を以て、ヨアンヌに的確な反撃を食らわせていた。

二人共、本当に同じヒトという種族なのだろうか。殺伐とした戦いの傍観者となっていた俺はふと思う。このままじゃ戦いに巻き込まれて死ぬのがオチだ。

早く何とかしないと、夜が終わるまで決着がつかないかもしれない。時間が経過すればするほど巻き添えを食らって死亡する確率が上がっていくだろう。

（俺の武器は……毒矢つきのクロスボウと鉄の剣だけ……）

装備を確かめて絶望する。

無理だ。魔法の力を持たない俺が介入できる場面じゃない。せめてあの二人の肉体を吹き飛ばせるような爆薬がないと。

俺は直接の戦闘参加を諦め、他の情報に目を向ける。

戦闘が実質的な膠着状態なのは、セレスティアにとってあまり喜ばしい事態ではないはずだ。彼女はアーロス寺院教団から逃亡中なのだから、内心さっさと退却したいはず。

両者共に決定機を掴めていないこの現状、俺達が活かせることと言ったら二対一の人数差くらいしかない。俺がセレスティアにちょっかいをかけてヨアンヌを援護し、人数有利を示せたなら、セレスティアは俺を厄介に思って退却してくれるかもしれない。

考えている暇は無かった。俺は毒矢を仕込んだクロスボウを構え、高速移動しながら戦うセレスティアに向けて矢を射出した。

矢が二人の中間を掠める。

「っ！」

「オマエ……」

二人は驚いたようにこちらを見た。次なる毒矢を放つと、セレスティアの防護壁によって呆気なく軌道を逸らされる。

だが、これでいい。俺に交戦の意思があることを二人に示せたのだから。

「ヨアンヌ様、爆弾で援護します！」

腰のポーチを探るフリをして牽制する。もちろん嘘だ。空を飛び回るセレスティアに手投げの爆弾が効くとは思えないが、俺という存在が厄介に映ってくれれば問題ない。

爆弾持ちの邪教徒と邪教幹部を同時に相手にするのは危険と判断したのか、銀の髪を靡《なび》かせたセレスティアが後退しながら呟いた。

「なるほど、厄介ですね」

抵抗の意思を見せた俺が鬱陶しかったのか、それとも埒が明かないと考えたのか、セレスティアは隙を突いて目くらましを使った。

大量の落ち葉が巻き上がり、セレスティアの姿が掻き消える。

枯れ葉を巻き込んだ旋風が消え去ると、セレスティアの姿はどこにもなかった。風で森が揺れる音だけが残っていた。

「はぁぁ……逃げやがった。今度こそ殺せると思ったのに」

ヨアンヌは裸のまま唾を吐き捨てる。しばらく空を見上げていたかと思うと、彼女の緑の瞳がこちらを睨んだ。

「おいオマエ。ただのマーカー役にしてはえらく肝が据わってるじゃないか」

「あ、ありがとうございます……」

「傷見せてみろ。あ～まぁこれは軽傷だな」

　裸足でぺたぺたと近づいてくるヨアンヌ。言われるまま身体の傷を見せると、彼女は俺に治癒魔法をかけてくれた。普通に重傷なんだが……という感覚の違いは置いといて、それよりも驚いたことがある。

（お、おい……ウソだろ。こいつこんなキャラだったか？　使い捨ての部下なんてどうでもいい、みたいな性格だったはずなのに……俺を労《いたわ》ってくれてる？）

　俺の目の前で、メッシュの入った青のウルフカットが揺れている。ヨアンヌは何も喋らなければ普通の少女に見えるが——そりゃ当たり前だけど——その正体は正真正銘のサイコパスだ。部下を普通に使い捨てるし、教祖以外はどうでもいいという徹底っぷりを原作中にて遺憾無く発揮していた。そんな彼女に気遣われて、俺は妙な動揺に襲われているわけだ。

（というか、俺の怪我を気にしてくれるのに、自分が裸なのは気にしてないのか……）

　裸のヨアンヌに治癒されている俺は視線のやり場に困ってしまう。流石に全裸のままにさせておくのは嫌だったので、羽織っていた黒い外套をそっと肩に掛けてやった。これで目のやり場に困らなくて済む。

　ローブを掛けられた彼女は、驚いたように螺旋《らせん》状の瞳を見開いた。治癒の手を止めて俺の顔を覗き込むと、蛇のように枝分かれした舌で己の唇を舐めるのだった。

「オマエ気が利くな。名前は何て言うんだ？」

何故か名前を聞かれてしまった。

答えないわけにもいかないが、凄まじい拒絶感が伴った。

「……オクリー・マーキュリーです」

「その名前、覚えたぜ」

しかも名前覚えられたんだが。最悪だ。

まさか、気に入られた……とかじゃないよな？

「おいオクリー、一旦帰るぞ。ここに居ても何もないだろ」

「は、はい……最後にひとついいですか？」

「あ？」

「その、死んだ奴らを埋葬してやりたくて」

「そうか。好きにしろ」

ヨアンヌは吐き捨てると、近くにあった岩に座り込んだ。

俺は彼女の監視の下、ボロ雑巾のように使い捨てられた九人の亡骸を土に還した。

何かが違っていれば、俺もこうなるはずだった。

せめてもの弔いとして埋葬だけはしてやりたかった。

「オマエ、変な奴だな」

原作屈指の狂人であるヨアンヌに言われて、お前にだけは言われたくないという言葉を何とか呑み込む。

かくして、正教徒と邪教徒の激突は一応終わりを告げた。

――この出来事をきっかけに、俺の運命は大きく変わっていくことになる。

# 二章　名無しモブが幹部会にぶち込まれるとか公開処刑でしかないよね

二〇〇〇年代後期、前世の俺が生きていた頃の日本で『幽明の求道者』というPCアダルトゲームが発売された。発売直後は特に話題にもならなかった本作だが、口コミやネット掲示板で徐々に評価を伸ばしていき、一躍人気作へと成り上がった。

まず、本作品は『ケネス正教《正教側》』と『アーロス寺院教団《邪教側》』の戦いを描いた西洋風ダークファンタジーである。

大まかなストーリーの流れとしては、『アーロス寺院教団』の襲撃によって故郷を滅ぼされた主人公が『ケネス正教』に助けられ、それから正教側となった主人公が邪教徒を滅ぼすべく戦いに身を投じていく……というもの。

家族や友人を皆殺しにされた主人公の精神力は凄まじく、正史ルートでは邪教幹部のほとんどを討ち取って完全勝利している。

ここで強調しておきたいのは、主人公には優れた血統などの設定は存在せず、また故郷の秘密のような特別性がなかったこと。つまり、彼はあの幹部連中を相手に地力で戦ったのである。

そんな主人公もほとんどのルートの後半ではケネス正教幹部になっており、魔法の力に目覚めるという覚醒イベントが起こるわけなのだが……そこを掘り下げると長いので割愛する。

さて、『幽明の求道者』の舞台設定や世界観自体は、珍しくも何ともない使い古されたものだ。そんな本作が何故売れたのかと言うと、ゲーム自体の完成度の高さもあったが、何より登場人物が全員覚悟ガンギマリすぎる傑物だらけだったからである。

主人公はもちろん、ヒロイン、友人ポジのキャラ、師匠、上司、敵――名前のついたキャラは己の命を差し出すことに葛藤こそあれど躊躇《ためら》いが無い。躊躇《ちゅうちょ》が無さすぎて購入者の度肝を抜いたのだ。

己の死に納得できる理由――即ち『宗教戦争に勝利する』ことに繋がるなら自分一人の命など安いもの、そんな思考回路で動いている。

というわけで、本作品の特徴はエログロ鬱と正史ルートの『燃え』要素だ。俺がこのゲームを購入したのは二〇一〇年代に入ってからだが、その完成度に圧倒されたのを覚えている。

古臭さを感じさせないイラストやグラフィック、登場人物の苛烈なまでの生き様。戦闘の迫力と自由度、個別ルートにおける日常の甘々具合は最高だ。

俺が最も気に入っていたのは、ヒロイン達に用意された個別ルートである。個別ルートの何が良いって、激情家の武人かと思われていたヒロイン達の内面が明らかになることだ。主人公と恋をする場面を追体験することで、俺達は画面の前で「あぁ、彼女達も女の子だったんだな～」とニチャつけるわけである。

――まぁ、こうして個別ルートでヒロインと親睦を深められる程度ならただの美少女ゲームだっただろう。

『幽明の求道者』の凄まじいポイントとして、個別ルートでも選択肢によってはヒロインが植物状態になったり無残な死に様を迎えたり……それはもう極限までリョナ要素を突っ込んでくることが挙げられる。日常パートが終わった後の一〇クリックの間に味方拠点が壊滅、なんてルートもあるくらいだ。

このゲームは人の命が軽すぎる。しかも、大抵死亡に至るまでの描写がえげつない。死に際に関しても、九割がた原形を留めないか骨すら残らない場合が多すぎる。プレイヤーの心を折りに来ているのは、やはり死に至るまでの過程なのだが……。

ネームドキャラが全員『肉片からでも蘇生が可能なレベルの自己治癒魔法』を標準装備している性質上、そうした描写が強烈になりやすいのも過激さの原因の一端だろう。

敵がどんな傷でも回復してくるなら細胞を一片残らず消し去るしかないじゃん、みたいなゴリ押しが正規の攻略方法なのだからヤバすぎる。

そんなわけで、『幽明の求道者』は設定からして過激なゲームであり――

――最悪なことに、俺はそのゲームそっくりの世界に転生してしまったらしい。

先刻、俺は幹部同士のゴリ押しによる殺し合いを目撃した。セレスティアがヨアンヌの肉体を粉微塵に切り裂いたにもかかわらず、ヨアンヌは治癒魔法によって肉片から即時復活していたし、逆も然りといった感じである。

（普通に頭がおかしすぎるだろ……）

実際に目の当たりにするまで実感できてなかったが、改めて分かった。この世界は俺が生き抜けるような温い世界じゃない。

原作のネームドキャラ曰く、身体を吹っ飛ばしたり吹っ飛ばされたりする常軌を逸した行為は「ちゃんと衝撃が来るから覚悟が必要」らしい。包丁で手先を切った時ですら『衝撃』が来るのに、死と同等の衝撃を受けても動揺しないネームド連中はイカれている。

現在、俺は邪教側の人間であることを激しく後悔していた。同じ化け物同士の徒党に取り入るなら、せめて人間の言葉が通じやすい正教側につきたかった。

この世界で二度目の生を受けたは良いものの、よりによって邪教徒……『アーロス寺院教団』の名無しモブになっちゃうんだもんなぁ。本当に人生は何が起こるか分からない。

（さっきガッツリ体験したけど、アーロス寺院教団はとにかく人使いが荒い。というか名無しモブの消耗がケネス正教に比べて明らかに激しい。同じモブでもケネス正教のモブになれた方が百万倍マシだったな……）

セレスティアと戦ってしばらく。山奥にある教団所有の古城拠点にて、俺は床に膝をつきながら教祖の到着を待っていた。

この場にいるのは、使い捨て教徒の中で唯一生き残った俺と、セレスティアと戦ったヨアンヌ、そして他二人の幹部である。残りの幹部は外出中だろうか。

（この女は何で俺を呼んだんだ？）

俺は幹部の椅子に腰掛けるヨアンヌを睨み——つけるようなことはもちろんしないで、ずっと視線を伏せていた。

俯きながら、俺のようなモブが古城の幹部会に招集された理由を探る。まさか、ヨアンヌは九人の教徒を失った責任を俺に押し付けるつもりだろうか。そうなったら平《ヒラ》の俺は責任から逃れられない。発言力が違いすぎる。

（生き残っても違う地獄が待ってるだけじゃないか……）

幹部との接敵から生き残れたのに、次は別の幹部からの糾弾。己の処遇については半ば諦めつつ、他の幹部二人に意識を移す。

……序列七位と序列五位の幹部か。名前はファンキロとポークだったか。この二人は原作ルートによっては名前すら出てこない奴らだ。特にファンキロ。彼女は正史ルートですら割と影が薄い。

『序列〇位』という数字は教団への貢献度や戦闘力などから決定されたものであり、純粋な強さの指標ではない。戦闘条件によっては序列七位のファンキロが序列一位の教祖を凌ぐことすらある……と思う。あくまで可能性の話として、だが。

そんなことを考えていると、地中から教祖が生えてきた。

文字通りの意味だ。幹部会が開かれる古城の大広間、その床に発生した闇の渦から、颯爽と人間が生えてきたのである。

見たままを説明すると訳が分からないが、それが実際に起きていることなのだから仕方ない。

『はい、ただ今到着しましたよ。では報告を聞きましょうか』

仮面の男――アーロス寺院教団の教祖が席に腰掛けると、薄闇の支配する空間にただならぬ空気が流れ始めた。

彼の顔面はバツ印を刻まれた仮面で隠されており、その表情は読めない。

――教祖アーロス・ホークアイ。原作プレイヤーから『最凶の人格者』と呼ばれたアーロス寺院教団の最高指導者である。

実際に対面すると、意外にも威圧感や恐怖は感じなかった。しかし、彼の佇まいから滲み出てくる異物感が強烈な不安を醸し出す。仮面によって表情が見えないのも不気味だった。

（こいつが教祖アーロス……俺が一番会いたくなかった男……）

この世界のモブに転生してしばらく経ったが、俺もお目にかかるのは初めてだ。確か主人公も初対面時に面食らっていたはずだ。あれ、普通に話せる男じゃないか――と。

確かに雰囲気だけなら優しいお父さんのような感じはする。が、その実アーロスはカルトの親玉である。こいつは口が上手いだけの狂人なのだ。

……アーロスの好感度を上げすぎると、原作主人公が丸め込まれて闇堕ちして正教全滅エンドになるんだよな。笑えねぇ。

下手な口利いたらもちろん死ぬし、好感度上げてもやっぱりお気に入りにされて死ぬ。ヨアンヌと一緒だ。詰んでる。

アーロスは俺に報告を求めた後、椅子に腰かけて押し黙った。彼を囲む三人の幹部も俺に無言の視線を送っている。

幹部達の圧力に急かされて、俺は背中にびっしょり汗を掻きながら何とか報告を済ませようと言葉を紡いだ。

「森に逃げ込んだ女の首を持ってくるという任務ですが……も、申し訳ございません。失敗しました……っ」

話す前は何ともなかったのに、口を開くと上手く喋れなかった。そして任務の失敗を告げると、幹部四人の間に長い沈黙が流れた。

おいヨアンヌ、お前も参加してただろうが。何でそっち側にいるんだよ……！

『……続けてください』

「お、女の正体は敵方の幹部セレスティアでした。そちらにいるヨアンヌ様と協力して相手を攻め立てましたが、右腕を切り落としたところで逃亡。結果、取り逃がしました」

『被害は？』

「……アーロス寺院教団教徒九名が死亡しました……」

『そうですか……残念です』

俺はありのままを報告し、己の運命を悟った。アーロスの声色は、まるで別れを告げる直前の如く無関心な調子で。

（こ……殺される……）

恐る恐る顔を上げると、アーロスはヨアンヌと俺を交互に見ていた。

『ですが、私《わたくし》は部下の失敗に寛容です。可愛いあなた達を我が子のように思っている。セレスティアを取り逃がしたことを赦しましょう』

「あっ……え？　あ、ありがとうございますっ!!」

死の予感。

確かに感じた、はずなのに……。

俺は生き残れた喜びよりも、彼の態度の変容に困惑していた。

……違う。アーロスの許容は優しさではなく無関心によるものだ。直感的にそう感じた。少なくとも俺のようなモブには愛の欠片もない。

恐らくは、「ヨアンヌを赦すついでにお前も勘弁してやる」という心情なのだろう。

しかし、まずいことになったかもしれない。アーロスを含めた幹部三人に目をつけられることになった。ヨアンヌには既に目をつけられていると仮定して、これで幹部四人に嫌な心証がついたことになる。

『ヨアンヌ、セレスティアと戦って何を感じましたか？』

「相性悪すぎて負けた。次は負けないし……」

『以前もそう言っていましたよね？』

「……ご、ごめんなさい」

『素直に謝罪できるのは良いことです』

あの暴君のヨアンヌといえども、やはり教祖には頭が上がらないようだ。二人の和やかな会話を聴きながら、俺は全身に脂汗を流す。

どうしよう。頃合いを見て寺院教団から脱出しようと思っていたのに、監視の目が多すぎてここまでズルズルと来てしまった。俺はもう逃げられないのか？

「でも教祖様。もう攻略法は分かったし、次に会ったら今度こそぶっ殺せる自信がある。三度目の正直ってやつだ」

『ほう、期待していますよ』

俺はヨアンヌの言葉に我に返る。

原作の本編開始時点において、ヨアンヌとセレスティアは三回対決して決着がついていなかったはずだ。それがまだ二回目ということは——当然今の俺は本編開始前の世界に居ることになる。頭の片隅に入れておこう。

『では皆さん、私は仕事がありますので失礼します』

それだけ言い残すと、アーロスは登場時と同じように地面の渦へと吸い込まれていった。アーロスを見送った他の幹部二人も大広間を後にして、俺とヨアンヌだけが大広間に取り残される。

眼下には脂汗の水溜まりが形成されていた。会議が終わった後もなお顎先から雫が垂れているほど焦燥していた。

ヨアンヌは幹部用の椅子から飛び降りると、ついてこいと言いながら歩き出した。

「おいオクリー、オマエはこれからアタシと一緒に行動しろ。失敗の埋め合わせをするぞ」

「……仰せのままに」

俺はすっかり手馴れた動作で身を縮め、膝をつき、反抗心なんて毛ほどもありませんよと言わんばかりに屈服した。

――ヨアンヌ・サガミクス。主人公闇堕ち展開に限り個別ルートがある少女。その愛の表現方法は『狂愛と監視』。四肢をもがれた主人公は、永久に彼女の寵愛を受けることになるのだ。

相変わらず先の見えない未来に絶望しながら、俺はヨアンヌの背中についていくことしかできなかった。

# 三章　まだ引き返せるかもしれない

俺の所属するアーロス寺院教団の起源は、金儲けのための希薄な繋がりだった。最初はナントカ商会というように名前も違っていたし、構成員は互いのフルネームすら知らないような浅い関係だった。

しかし、野望を抱いたアーロスが商会を乗っ取ったことで、世界の風向きが大きく変わってしまった。

人心掌握能力に長けたアーロスは、巧みな話術で人々の心を引き寄せていく。アーロスの組織は徐々に先鋭化していき、アーロス寺院教団と名前を変えた。

ここからが邪教たる所以《ゆえん》。山奥に拠点を建てた彼らは、信徒を増やすべく教祖の教えを布教する傍ら、若者の力を欲するあまり村や街から幼子を誘拐し始めた。

アーロスの教団に加入することになった大人のほとんどは、序盤から本気だったわけではない。多くは興味本位だった。彼の口八丁によって本気にさせられてしまったのだ。

誘拐された子供達もまたアーロスの言葉に惑わされ、教団の考えに疑いを持たなくなっていく。取り込まれた老若男女は時間をかけて教祖の操り人形に成り下がり、アーロスを独裁的主権者とする『国』が完成したのだ。

彼らの道理に反した行いが世間に知られていくと同時に、国家はアーロス寺院教団を邪教に認定。それからはあちこちで抗争が勃発し、一般人にも被害が拡大していった。

子供の誘拐と洗脳を繰り返すアーロス寺院教団は、野望の邪魔をする人間を容赦なく殺します、と。そんな組織が暗躍する世界に転生してしまったのだから最悪だ。

比較的マシなケネス正教側に転生できれば良かったのだが、よりによってこの組織に転生するとは本当に運がない。

……少し訂正しておくと、俺の現世の生まれは正教の街である。だが、前世の記憶に目覚めたのが邪教徒に誘拐されてしばらく経った時点だったため、邪教徒スタートはどう足掻《あが》いても避けようがなかった。

拉致される前に前世の記憶を思い出していれば、教団のやり方を知っているわけだから誘拐を避けられたかもしれないのに……気づいた時には手遅れだった。とはいえ、今までずっと教団に従順だったかと問われれば答えは否である。

十歳くらいの時、施設から逃げようと計画を企てたことがある。何せ俺には原作知識があって、教団の敷地の構造を把握していたからだ。

結果は言わないでも分かると思うが、監視に見つかって普通に計画のことがバレた。当時の自分が考えられる中でも渾身の計画だったのに、教団の監視役に「我々は君の将来を考えて教団脱退を止めているんだよ」などと諭された挙句、三日間監禁され、逃走の気持ちを折られてしまった。

洗脳教育カリキュラムを終えて駒として育てられた今の俺は、逃走したい気持ちはあるが決定的な一歩を踏み出せずにいる。監禁された経験がトラウマなのもあるし、幹部連中から目をつけられているため改めて逃走計画を企てることすらできない、という理由もあった。

そして、これからはもっと教団に深く関わってしまうのだろう。先刻、俺はヨアンヌに配置転換を命じられた。早い話、モブ雑兵から『マーカー役』専任という役割を賜ってしまったのである。

マーカー役とはその名の通り標的役のことで、ヨアンヌの身体の一部を持ち運ぶ人間の通称だ。ヨアンヌは自分の肉体の在処を感知する能力を備えており、マーカー役の人間目掛けて岩石や砲弾を投擲《とうてき》することを得意戦法とする。

ヨアンヌの投擲の射程は五〇キロメートル。その威力たるや、放り投げる弾によっては半径一〇〇メートル弱の土地を抉り取る程で、人を殺傷するには余りある威力を誇る。

これらの特性を利用することで、マーカー役の周辺へ己の身体の一部を投げつけ、着弾点で肉体を再生させて本体を『転送』するなんて芸当も可能である。ヨアンヌが作戦に関わる際はマーカーの携帯が義務付けられており、先日セレスティアに襲われていた最中にヨアンヌの生首が飛んできたのはそういうことだ。

元々マーカー役は流動的かつランダムに割り当てられるものだった。以前は偶然俺に回ってきただけの役割だったのに、今日から俺専用の役割へと変貌してしまったのである。

俺が死んだらどうするんだろう。まぁ、その時はマーカー役が再びランダム制になるだけか。

「オクリー。とりあえずこれ持ってろ」

「はっ」

「アタシの耳朶《みみたぶ》だ」

「……はっ」

というわけで、俺はヨアンヌの『マーカー』である肉体の一部を手に入れた。

普通にいらない。

手渡された耳朶はもぎたてのせいか、まだ温かかった。手のひらに載せていると、ヒクヒクと動いているような錯覚に襲われる。

そのままの状態で渡されたのが気持ち悪かったので、ヨアンヌの肉塊は俺の首に提げている箱型のペンダントに入れておくことにした。

このペンダントは教育カリキュラムを終えるとプレゼントされるゴミだ。これを首に提げていることがアーロス寺院教団教徒の証明になり、中にアーロス様の顔写真もしくは肖像画を入れることが推奨されている。

ヨアンヌの耳朶をペンダントに詰める俺を見て何を思ったのか、ヨアンヌは興味深そうに手元を見つめてきた。

「オマエ……そんなにアタシの一部を大切に……」

最後の方はなんて言ってるか聞こえなかったが、非常に嫌な感じがする。

「おいオクリー」

「はい」

「その耳朶……アタシの分身だと思ってくれていいぞ」

笑えないジョークだ。分身というかそのものだし。

……吐きそう。

「はい。ありがとうございます」

彼女の冗談を無下にすることはできないので、俺は貼り付けたような笑顔で返答した。

首にペンダントをぶら下げ、素肌につかないよう服の外に露出させる。あぁ、今すぐに放り投げたい。気持ち悪い。消えてなくなりたい。

明日、失敗を取り返すための任務が始まる。取り逃がしたセレスティアの行方を追いつつ、失った人員分の子供を誘拐してくるという理不尽な任務だ。セレスティアの風の魔法を知らないわけでもないだろうに、簡単に言ってくれる。

俺も何人か人を殺したことはあるが、子供を誘拐してくる任務に携わるのは初めてだ。いよいよ邪教徒に染まってきた感が拭えない。

（作戦中に死を装って教団から離反しようとか色々考えてたのに……よりによって『転送』で長距離移動し放題のヨアンヌに捕まっちまった！　しかも『マーカー』まで肌身離さず身につけるようにって……どうすんだよコレっ!!）

ヨアンヌ・サガミクスは見てくれだけは良い少女だ。小さな卵形の顔に大きな瞳。メッシュが入ったウルフカットにスプリットタン。肋骨が浮くほど痩せた小柄な体型。特定層に刺さるであろうガリ巨乳。初見プレイヤーはそのビジュアルを見て琴線に触れること請け合いだろう。

……無論、ある程度その本性を知っているプレイヤーにとって彼女は恐怖の対象だ。『転送』後は決まって一糸纏わぬ姿になるサービスシーンが流れるのだが、彼女の裸体で喜ぶよりも敵幹部が『転送』して来たという恐怖の方が大きいだろうし。

加えて、忘れることなかれ。ヨアンヌのルートに突入してしまえば、主人公が教団の地下空間に監禁される上、四肢切断の挙句に一生ヨアンヌの庇護から逃れられず惨たらしく死ぬという結末を迎えてしまう。

かといって、主人公死亡ルートを避けようと他キャラのルートに行こうとすると——刃物を片手にしたヨアンヌが「悪いことしたのはここか？」なんて言いながら、男性器の先端に切り込みを入れて、その起点からゆっくりと引き裂くようにして肉皮を剝いてくるのだ。

これは、ヨアンヌの好感度を一定値まで貯めてしまうと、どれだけ足掻いても主人公が死亡してしまうという理不尽なトラップである。原作プレイヤーなら誰しもが通る道なので、既プレイ勢の間では「いつもの」「お通し」「親の顔より見た光景」などと言われ、共通のトラウマとして深く刻み込まれている。

ちなみに、そのシーンにはご丁寧なことに差分アリのＣＧまで用意されている。事後は画面いっぱいに菊花の如き美しい肉の花が咲き誇るため、男性諸君は発狂モノだろう。

声優の熱演もあって、俺が実際にプレイした時はキツすぎて画面を直視できなかった。

そんな当時の恐怖を思い出しながら、俺はそのヤバすぎる女が隣に存在していることに戦慄する。

（この女の好感度を上げたら死ぬ。誰か助けてくれ）

不安から来る震えを押し殺しつつ、俺はヨアンヌに問う。

「ヨアンヌ様はこれからどうされるおつもりで？」

「今日は休む」

「そうですか。お疲れ様です」

「ん」

ヨアンヌは俺の首元にチラチラと視線を寄越した後、早歩きでどこかへ消えていった。

ようやく莫大な重圧と恐怖から解放された俺は、我慢していた溜め息をやっとのことで解放した。胸元をパタパタと扇いで脂汗の熱気を逃がした後、俺は彼女の最後の行動の意味を探り始めた。

（……このペンダントを見てたのか？　この中に入れたのが良くなかったのかも……）

もしかして癪《しゃく》に障ったのだろうか。確かにペンダントの中に肉塊を詰め込んだけど……じゃあそれ以外にどうすれば良かったんだ？

そのままポケットやポーチに突っ込むわけにはいかないだろう。内側が血で汚れるし。肉塊を食べて俺自身がマーカー役になることで「これで一心同体ですね」とか言ったら良かったのかな。

（それ言ったらマジで好感度が上限突破してルート突入不可避だな。いや、逆にキモがられるかもしれん。どっちにしても賭けすぎるから絶対やらんけど）

俺は山の麓の居住区から古城を見上げる。

古城を擁する低山や周辺の森は全て教団の支配領域だ。高い塀と堀で囲まれた小さな独裁国家。洗脳されてしまった者にとっては、教祖アーロスを含めた幹部に奉仕できる最高の環境。完全に洗脳されていない者にとっても、いつ密告されるか分からない恐怖が付き纏うため、互いが互いを監視する最悪の環境が作り上げられていると言えるだろう。

教祖アーロス様に縋れば救いがあるかもしれない、彼について行けば恩恵に与《あずか》れる、上手く行けば幹部の方々と同じように力を得られるかもしれない——そんな一縷の望みを抱かせるのが本当に上手いのだ。

洗脳され切っていない、ある程度正常な邪教徒達の精神は狭間で揺れ、疲弊し、次第に黒に染まっていく。

「ぼくは大丈夫ぼくは大丈夫ぼくは大丈夫……」

時々、このような発狂寸前の教徒と出会うことがある。拠点の隅で蹲り、睡眠も食事も取らずにじっとすることしかできない者達だ。

邪教徒も一枚岩ではない。むしろ、幹部連中以外の名無しモブ達は被害者と言ってもいいだろう。彼のように、良心の呵責に苦しむ者もいないわけじゃない。

……彼は雑兵として使われ、近いうちに死んでいくのだろう。何とか救ってやりたいが、できるはずもない。そんな余裕もない。

アーロスや彼に追随する幹部は皆怪物だ。ちょっと切られただけでも出血多量で死んでしまうような一般人は、彼らと正面から戦おうなんて絶対に思わないし思えない。有象無象が手を取り合ったところで大した効果はないだろうし、使い捨て同然の現状を打破するのは難しいだろう。

ヨアンヌのように魔法の力に目覚めるためには、人間の信仰を集める『主』から認められ、儀式によって祝福の力を授けられなければならない。ケネス正教であれば彼らの神から、アーロス寺院教団であれば教祖アーロスから。それぞれの『主』に認められた者が、それぞれの組織の幹部の座についているというわけだ。

俺は鏃に塗るための毒薬を調合した後、大人数が眠る部屋で雑魚寝するべく仰臥した。

（……教団から逃げられないなら、逆に幹部まで上り詰めて教祖の座を乗っ取っちゃうとか……いや無理だよな。ヨアンヌ含めてアーロスに心酔してるわけだし、この教団のトップはアーロス以外に務まらない。夢物語だ）

そんなことを考えつつゴロゴロしていると、いつの間にか意識を失っていた。希望を見ようとしても絶望しか見えてこない。次の朝は最悪の目覚めだった。

# 四章　教祖様大好き！　みんな仲良し！　アットホームな職場です！

邪教徒の朝は早い。

遅寝早起き、睡眠不足。一日一食、健康生活。

でも……でも！　みんなはアーロス様のためなら頑張れるよね!?

アーロス様に仕えられることは至上の喜び！　無休で無給でも奇跡の御方に尽くせるんだから嬉しいくらいだよね!?　黙って働け！

ここで朗報！　ワオ！　幹部になったら待遇が良くなるよ！

しかも魔法を授かることができるので、よりいっそう彼のために粉骨砕身活動できるんですって！

「アーロス様サイコーーーー!!!」

涼しげな空気に目を覚まして外に出た俺は、山彦を期待してあらん限りの大声を出した。遥かなる大自然も俺の意見に同調してくれたのか、なんと四回もオウム返ししてくれた。

アーロス様サイコ。

「サイコサイコ……」

俺は公然と不満をぶちまけた。

ああ、気が狂う。狭いボロ屋に大人数の邪教徒が押し込められているから熟睡とは無縁だし、プライベート空間はもちろん皆無。窮屈さを嫌がって外で寝ると、たまに出没する魔獣にガブッと殺られる。従って俺達は狭小なボロ屋に押し込められる他なく、モブ同士の人間関係は険悪だ。

トイレは臭いし汚い。言うまでもなく、ウォシュレットやトイレットペーパーは無し。ボットン式の便所であるため、結局溜まった糞尿はそこら辺の森の中に放り投げられてしまうし、お粗末な衛生管理故に物陰で用を済ませる者も少なくない。

そういうわけで、拠点の居住区は不衛生で悪臭に満ちている。飯は不味いし少ない。常に空腹。舗装の類も存在しないため、地面がぐずぐずに水を含んでいて靴の中が常に蒸れている。

正直、この世界での癒しは手付かずの大自然を間近に拝めることくらいだ。しかし、自然が手付かず過ぎて不便なことも多いため、その長所もちゃんと帳消しである。

俺が他の教徒よりも早起きしているのは、実質的なプライベート時間が早朝の誰もいない時間にしか存在しないからだ。

遠くを眺めると、薄暗い景色に濃い霧がかかっていた。山体がぼやけて距離感が掴めない。約一〇メートル向こう側が白っぽくなって見えるくらい霧の濃い日だ。

う〜ん、今日は子供を攫うには絶好の天気だな。のびのびと背筋を伸ばして気持ちよくストレッチ。もう一回クソッタレな世界に大声をぶつけようとすると、何の気配もなかった背後から肩を叩かれた。

「ようオクリー」

「オッ——はようございますヨアンヌ様!!」

いつの間にか背後に立っていたヨアンヌが、青春の一ページに出てきそうなくらい爽やかな笑顔で語りかけてくる。俺は土下座する勢いで膝を折った。

危ねぇ、ヨアンヌに関する何かしらの文句を叫ぶ寸前だったわ。首絞められた時みたいな声出ちゃった。

そんな俺の様子を見て、ヨアンヌは美少女に間違いない微笑みを俺に向けてきた。本性を知る者としては怖すぎるの一言だ。

「霧が出てるし、今日は誘拐日和だな」

そんなノリで口にする台詞ではない。というかこの天気を見て誘拐日和って思うとか、思考回路が俺と同じなの普通にショックだわ。冗談でもヨアンヌと同じ言葉を思いつきたくなかった。

「はは、私も同じことを考えていましたよ。奇遇ですね」

「……そ、そうか。気が合うな……」

ヨアンヌは口元を隠して身をよじるような仕草を見せる。前世でモテなかった俺だから分かる、今彼女の好感度が下がる音がした。奇遇ですねとかキモすぎだろって言おうとした口を塞いだに違いない。頼むからこの調子で好感度が下がり続けてくれ。下がりすぎても良くないんだけど。

「ところでオクリー、今日のアタシの服は似合ってるか？」

は？　何その質問。俺は彼女の意図が掴めずに唇の裏を噛んだ。

ヨアンヌの格好は黒い外套――先日俺が裸体を隠すために掛けてやった一般教徒用のボローブ――にワイシャツとスカートというスタイルだ。大抵は戦いでズタボロになるのだが、彼女は毎度このファッションで作戦に参加している。メタ読みすると、服の違う立ち絵をいちいち用意するのが難しかったんだろうが……。

似合うか似合わないかで言えば、当然似合っている。顔が良くてスタイルが良ければ何でも着こなせるだろう。

「……ヨアンヌ様の服ですか？　もちろんお似合いでございます」

「そ、そうか、なら良かった。んっ……ふ……。……スゥ――……」

ヨアンヌは身体をぶるぶると震わせた後、すんと押し黙って俺の四肢を舐め回すように見つめてきた。手、肘、肩。続いて、足、膝、太ももの順番。ぎょろりと開かれた螺旋状の瞳が高速で移動する。

そして、思わず溢れてしまったというように、彼女は俺に聞こえるか聞こえないかくらいの声量でポツリと言った。

「——これ、邪魔かもな……」

表情の全てが抜け落ちたような声色だった。

「……え？」

お、おい……今、俺のことを邪魔だって言ったよな？

「あ、いや。何でもない。気にするな……」

怖すぎる。やっぱり俺のことは嫌いらしい。

流石に今の発言には本能的な恐怖を覚えたので、他の教徒が雑魚寝するボロ屋に踵《きびす》を返しながら「皆を起こしてきます」と言って逃げた。

入口の暖簾《のれん》に上半身を突っ込み、そのまま全員の鼓膜を破く勢いで大声を張り上げる。

「おいお前ら起きろ！　ヨアンヌ様より起床が遅いとは何事だ!!　忘れたのか、今日は村に人攫いしに行くんだぞ!!」

ヨアンヌの手を煩わせる前に、泥のように眠っている一般教徒達を叩き起こしていく。

「オクリーの言う通りだ。早く起きないと殺すぞ～」

幹部直々の殺害宣言は冗談にならない。可愛らしい子供が冗談めかして言うのと、パワー系サイコ幹部が言うのとじゃ凄みが違う。

ヨアンヌのハスキーな声によって意識を覚醒させられたモブ達は、黒々とした隈《くま》を露わにしながら遠征の準備を始めた。

今日は何人の無垢な子供達が誘拐されるのだろうか。俺達のように報われずに死んでいく者を生むだけの無益な行為だ。

起床からあっという間に準備を終えた俺達は、整列をしてから拠点の正門へと行進していく。そんな俺達の背中で手を振るのは、悪の枢軸・教祖アーロス。ぼんやりと佇む幽霊のような男に見送られて、俺達はいよいよ人攫いへと向かった。

『皆さん、行ってらっしゃい』

「行ってきま～す教祖様！」

教祖アーロスの不気味な仮面に元気いっぱいの返答をしたヨアンヌは、満面の笑みを浮かべながら荷台に腰を下ろす。

拠点から出発した教団の小隊は、子供をぶち込む用の馬車を三台ほど率いて、舗装されてない道をガタガタ言わせながら走っていく。

小隊の人数は二十名ほど。現在のアーロス寺院教団は人員消費が激しく、慢性的な人手不足に見舞われている。特に働き盛りの若年層の供給が追いついていないのだ。

過酷すぎる環境の上に休みなく使い潰されているせいで、熱心な教徒やヨアンヌはともかく、疲れ切った多くの邪教徒が荷台で寝落ちしている。死屍累々だ。俺の横で目を閉じている名も無き青年の顔には明らかな死相が出ていた。

「…………」

会話のない空間。荷台の中を見回すと、遠征用の武器防具や僅かな食料が積まれていた。気のせいではないだろう、帰りの分の食料が足りていないように見える。略奪で不足分を補わせるつもりなのか。

上司が口癖のように「運営が厳しいのは今だけだから」と言っていたが、もちろん信じる気にはなれなかった。

そんな俺の思考を露知らず——もしくは気づいた上でやっているのか——ヨアンヌは教徒達に保存食を分け与えていく。パッサパサの干し肉と、クソ硬くて半分押し潰されたみたいなパン。どちらも水分でふやかさないと歯が根負けしそうになる。しかも、死ぬほど不味い。

「ほら、そこのオマエはどうだ？　食べないとこの先キツいと思うが」

「……いりません……」

「そうか」

見るからに限界ギリギリな教徒は、ヨアンヌが渡そうとした食料を拒絶した。痩せ切った、骨と皮のような体躯だった。死神を思わせる風貌である。

……ここにいる多くの人間はこの作戦の最中に死ぬだろう。俺は奥歯で干し肉を何度も何度も噛んで、残酷すぎるモブの一生について思考を巡らせた。

この教団において、九割のモブは『洗脳教育↓育成↓任務↓死』という一連の流れの中に生きている。任務に当たるのは働き盛りの十二歳からで、死の危険がある任務については十五歳からという規則があるらしい。

邪教徒を増やす方法はいくつか存在し、基本的な手法は『子供の誘拐』『スカウト』『人身売買』『人工的増殖』のいずれかである。

現在の人手不足は、かつて稼働していた人間生産施設がケネス正教幹部によって破壊されたことにより起こっているらしい。施設停止による供給断絶の皺寄《しわよ》せが来ているため、ここ数年で最も逼迫《ひっぱく》した状態だ。今は先述した規則もあってないようなものである。

そのため、子供の誘拐という割に合わない方法を選ばざるを得ない。人間生産施設再建から目を逸らす目的もあるだろうが。

早い話、一人減っても二人増えれば教団は拡大を続けられる。この時期さえ乗り越えればサイクルが回るため、上層部は今のやり方を変えようともしない。

そして、生き残った僅かな狂信者のみが幹部の座に登り詰めることができるだろう。

（今回は何事もなく終わるといいが……）

以前正教の幹部との会敵から生き残れたのは運が良かっただけに過ぎない。あの時は幸いにも致命傷を負わずに済んだからな。

幹部の治癒魔法の庇護に与ると言っても限度がある。幹部の扱う治癒魔法に関して補足すると、当人が自分に使う分には最大級の効力を発揮するが、他人に対しては回復効果が落ちてしまうのだ。

つまり、他人に治癒魔法を付与する際は蘇生レベルの超回復が不可能となる。致命傷を負えば、幹部が近くにいたとしても呆気なく死んでしまうのだ。

まぁ、自分以外に強烈な治癒魔法を使えてしまったら原作崩壊待ったナシというか、何でもできすぎて際限が無くなってしまうからな。幹部は全員治癒魔法所持という世紀末バトルが成り立っているのは、お互いの攻撃力がインフレしかかって常に死の危険が付き纏っているからだろう。

——いや、全然成り立ってないわ。治癒魔法のせいでモブとネームドの間に格差起きまくってますよ神。

「オクリー、アタシが齧った干し肉いるか?」

「お戯れを」

霧の中を走行しているため、景色はずっと変わらない。暇を持て余したヨアンヌが絡んでくるが、それよりも馬車のガタガタで尻が痛いので適当にあしらう。

すると、そんな俺の様子を見た（比較的元気な）モブ教徒がひそひそ話を始めた。

「あのオクリーって奴、ヨアンヌ様に気に入られてるよな……」

「羨ましいなぁ。オレも寵愛を受けたいよ……」

何が羨ましいと言うのか。俺にとって幹部連中は全員等しく近寄りたくないし、関わりたくない相手だ。しかも常人には推し量れぬ精神状態のため、どこで理不尽が爆発するか分からないと来ている。極力関わらないのが吉だ。

さて、俺達が向かう村は人口数百人程度の規模である。何故こんなチンケな任務にヨアンヌが同行しているのかと言うと、先日の失敗の尻拭いをするためというのもあるが、国中に潜ませたスパイから「この村の先にある防衛拠点でセレスティアが待機している」という情報が伝わってきたからだ。

ヨアンヌはセレスティアをぶち殺すチャンスと言わんばかりに奮起している。

我らアーロス寺院教団の目標は、勢力の拡大とケネス正教の撃滅。これほど理に適った任務もそうないというわけだ。

じゃ、そろそろ誘拐しちゃうぞ～。村の近くに馬車を停めた俺達は、颯爽と武器を取り出して村の中に入っていった。

「ん？」

誰もいない。家屋の中にも人っ子一人いない。

かと思えば、霧の中に立つ人影が一つ。俺の隣で住宅内を物色していたヨアンヌが目を凝らす。

「残念でしたわね」

鈴の音のような声が響き渡ると同時、背後からギャッという悲鳴が飛んだ。後ろを振り返ると、馬のお守りをしていた男が胴をばっさりと切られて死んでいくところだった。

大量の鮮血を噴き出しながら崩れ落ちる男。いち早く反応したヨアンヌが一歩前に出たところで、霧の向こう側から聞こえる多数の足音が俺達を取り囲んだ。

俺とヨアンヌは全てを察した。霧の中に正教軍が隠れていたのだ。

この準備の良さからして、セレスティアが村の先に存在する防衛拠点で待機しているという情報は真っ赤な嘘だろう。セレスティアは風の魔法使い——この濃霧を利用して俺達を嵌《は》めたのだ。

迎撃態勢は完璧に整っている。俺達はこの場所に誘い込まれていた。

戦闘前に幹部同士で会話する、なんてことはなく、正教軍による正義の執行が始まる。

ビン、という弦の弾ける鈍い音が本格的な戦闘開始の合図だった。

「グッ！」

「ぐわぁ！」

無慈悲な虐殺。霧の向こうから無数の矢が放たれ、あっという間にこちら側の雑兵が串刺しにされていく。

降り注ぐ矢の数からして、どうやら兵力の数でも負けているらしい。敵は反撃すら許さず完封するつもりだ。

俺は物陰に隠れて矢の雨をやり過ごす。霧のせいで視界が悪く、敵の数は不確定。視界不良に乗じてヨアンヌからも正教軍からも逃げ……られるわけないか。それは流石に無理すぎる。

マーカーがある上に相手に囲まれてんだから。

「偽の情報を掴まされたか。道理で都合が良すぎると思った」

「落ち着いてる場合じゃないですよヨアンヌ様！　どうするんですか!?」

嫌だ、死にたくない。俺は初めてヨアンヌに本心をぶつける。

すると、ヨアンヌの瞳が静かに冷たく変化していくのが分かった。

こんな場面でも動揺しないなんて、本当に違う生き物なんだなと思ってしまう。

「悪いことばっかりじゃない。そこにセレスティアがいるのがツイてる証拠さ」

「せ、セレスティアだけでも討ち取るおつもりで……？」

「当然だ。無傷で片付ける。……汚したくないからな」

ヨアンヌは長い深呼吸をしたかと思うと、空に向かって猛烈な勢いで息を吐き出した。

「えっ!?」

思い切り吸い込んだ空気が一気に放出され、村に留まっていた霧が押し退けられていく。

ヨアンヌの人間離れした肺活量によって、忽ち敵勢力の総数が明らかになった。

その数四十五。ヨアンヌお前、吐き出した息で霧を晴らすとか、原作だったらそんな頭脳プレイしなかったじゃん、とツッコミが追いつかない。

「セレスティアァ！　見ぃつけた〜〜!!」

「……まぁ、霧に乗じて逃げられる方が厄介かもしれませんね。数は減らせましたし、この際全て晴らしてしまいましょうか」

銀の髪。紫の瞳。修道服の上からでも分かるスタイルの良さ。風の魔法使いセレスティアが遂にその姿を現した。彼女は手を振り払って半径数百メートルの霧を吹き飛ばすと、部下に攻撃を続けさせた。

「貴方も来ていらしたのね。二人とも死んでくれると嬉しいのですが」

一瞬、目が合う。長いまつ毛が風で揺れる。

（ヤバい、何か来る!!）

俺は何かを感じ取って、思いっ切り後方に飛び退く。

回避行動が遅れたヨアンヌは不可視の風の塊に左半身を吹き飛ばされ、胴体を内側から捲れ上がらせながら大きく仰け反った。

以前のセレスティアには見られなかった速攻の攻撃ではあったが、俺に避けられてヨアンヌに避けられないはずがない。何故ヨアンヌは直撃を貰った？

ヨアンヌの反応が一瞬遅れていたように見えた。一体どうして？

「動きが止まったぞ!?　撃て撃てェ!!」

次々に矢を撃ち込まれるヨアンヌ。彼女はゆっくりと立ち上がり、削り取られた左半身を回復させながら、後方に吹き飛ばされたローブの元へと向かう。ヨアンヌは震える手でボロ切れになったローブを抱き締めると、玩具《おもちゃ》を壊してしまった少女のようにその場にへたりこんだ。

(な、何してるんだよこんな時に!?　そんなローブなんかどうでもいいだろ!!)

物陰で息を潜めながら、反撃しようとしないヨアンヌに手を伸ばそうとする。

だが、セレスティアに標的にされるのが怖くて震慄することしかできなかった。

「……今すぐ楽にしてあげますよ」

セレスティアは哀れみの混じった声で呟いた後、ヨアンヌの無防備な背中に向かって魔法を打ち込み始める。クロスボウや投石器の援護が加わって、ヨアンヌは攻撃の雨に曝《さら》された。

背中に魔法や矢を受けながら、それでもヨアンヌは反撃しない。頭部が完全に吹き飛ばされ、背骨や肋骨が露わになっても、一心にローブを掻き抱いていた。

いよいよセレスティアの魔法がヨアンヌの残滓を削り取ろうと風の力を溜める中、ヨアンヌは爆発的な速度で頭部を復活させる。その瞳からは大量の涙が流れていた。

涙を流すヨアンヌの様子を見て、セレスティアは深い溜め息を吐く。

「貴女が人間であることを今やっと思い出しましたよ」

「…………」

「反撃しないなら好都合。そのボロ布に執着しながら逝きなさい」

「殺す」

何が逆鱗《げきりん》に触れたのだろうか。ヨアンヌは衝撃波を残して目にも留まらぬ速さで跳躍する。

訳の分からぬまま衝撃波に吹き飛ばされた俺は、干し草の中に頭から突っ込んで気を失ってしまった。

――不思議な夢を見た。

遥か過去の、大したことでもないのに忘れられない記憶が甦る。

「[redacted]くん、これあげる！」

クラスの女の子からシャーペンを貰った。

いつ頃の出来事なのか、その女の子が誰なのかすら忘れてしまったけど、確か友達の友達程度の希薄な関係性だったと思う。

プレゼントを受け取った俺は、後生大事にそのシャーペンを使い続けた。

本当にどこにでも売られている地味な意匠の商品だった。もしかしたら、デザインを気に入らなかった彼女が、体裁を保ちつつ不用品を押し付けただけなのかもしれない。

いずれにせよ、俺はそのシャーペンがボロボロになるまで使い続けた。使い勝手が悪くなっても何故か手放すことができなかった。ソレをくれた彼女のことが気になり始めてしまったような気もする。

ある日、シャーペンが壊れた。

思い入れのないペンなら即座にゴミ箱に捨てられただろうが、俺は壊れたシャーペンを捨てることができず、『宝物箱』の中に大切にしまっておくことにした。

何故だろう。あの子のことは思い出せないのに、シャーペンのことは何となく思い出せる。

…………。

ヨアンヌは俺のローブに何かしらの特別性を見出し、それを破壊されて激昂した。嫌いな相手とはいえ部下から貰い受けたローブだ、少なからず嬉しく思ってくれたんだろう。

俺以外の一般教徒と幹部の関係性を見るに、ヨアンヌは贈り物を貰う機会があまり多くなかったはずだ。丁度、前世の俺も全然プレゼントを貰えなかったなと思う。

ヨアンヌにとってのローブは、俺にとってのシャーペンと同じだったのかもしれない。

…………。

ゆっくりと意識が上昇していく。


「……う、ここは……」

目を覚ますと、チクチクした干し草の中にいた。

変な臭いがする。身体が痒くなってきたので飛び跳ねるように脱出すると、騒然とした周囲の状況が目に入った。

（な、何だこりゃ……）

正教の兵士、寺院教団の兵士の死体が折り重なっている。生気を失った真っ青な生首が俺をじっと睨みつけていた。

次第に意識を失う前のことが思い出される。俺達は偽の情報に踊らされ、正教軍に待ち伏せされたのだ。そして、俺は戦闘の余波で吹っ飛ばされて気を失ってしまった……。

……ヨアンヌは何処に？　セレスティアもだ。まだ戦っているのかもしれない。

あの化け物二人はそう簡単に死んでいないはず。奴らを殺すためには、細胞の一片に至るまでこの世に残してはならないからだ。そう簡単に決着はつけられない。

周辺に一般兵の死体がある状況なら楽観的に考えていいだろう。モブの死体がどうとか分からなくなるくらい地形が凸凹になってからが本番とも言える。

正教の兵士と一対一になれば恐らく俺は負けてしまうだろうし、早く彼女を捜さなければならない。

任務を放り出して寺院教団の支配から脱出しようと一瞬考えたが、やはり正教と邪教の幹部に顔を覚えられてしまったのが最悪すぎた。両者の情報網から逃れられる自信も能力もない。

『マーカー』つきペンダントさえ捨てて姿を晦《くら》ませてしまえば、という幻想は消えた。

気を取り直して死体を退けた俺は、ヨアンヌの捜索を開始する。

（……酷い有様だ。俺達と違ってプレートアーマーを装備してる兵士もいるのに、まるで紙を破り捨てるみたいに……）

村の縁に沿って歩いていくと、爆風が直撃したかの如く原形を留めていない正教兵士と遭遇した。

濡れた紙を乱暴に破いたような断面は、強烈な力によって引きちぎられたことを示していた。ある死体には矢の山が生えており、どんな惨劇が起こったかを俺に想起させる。

正教軍は——というか普通は——同士討ち《フレンドリーファイア》を避ける傾向にある。それを逆手に取ったヨアンヌの策略だろう。彼女は正教軍のど真ん中に突貫し、兵士を盾に取りながら一人一人殺していったのだ。

死体に突き刺さった同士討ちの矢はそういうこと。セレスティアは手を出せなかったに違いない。正教兵も矢を撃つのを襲われる寸前まで躊躇ってしまい、その結果一掃されてしまったのだ。相変わらず幹部連中は最適解を摘んでいくのが上手い……。

(……一応、装備を貰っておくか)

クロスボウを紛失していたので敵の死体から拝借する。死後硬直のせいか、兵士の死体はクロスボウの持ち手を離してくれない。

地面から蕪《かぶ》を引っこ抜くような体勢になって踏ん張っていると、目の前の死体の山が持ち上がった。

「な、何だ——」

「——クソッタレ邪教徒共がぁ！　殺しても殺しても虫の如く湧いてきおってぇ!!」

死体の中から突然姿を現したのは、半狂乱になった正教の兵士だった。

血を被った兵士はロングソードを構えて刺突してくる。ギリギリのところでクロスボウを引っこ抜いた俺は、勢いのまま後転して敵の攻撃を回避。そのまま地面を転がりながらクロスボウの矢を飛ばした。

男は左手の甲で矢を受け、致命傷を避けた。何度か撃ち込めばくたばるだろうが、クロスボウの矢を再装填している暇はない。

俺は鉄の剣を抜き放つと、覚悟を決めて瀕死の兵士と対峙した。

男は肩口から鳩尾《みぞおち》にかけてを大きく切り裂かれ、骨までが露出している。こうして向かい合う中でも、傷口からの出血が止まっていない。精神力だけで立てている状態なのだろう。彼の口端からは血が滴り落ちており、治療を受けても死の運命が変えられないことが分かった。

周囲の兵士と比べて防具の装飾が豪奢なことから、男は隊長クラスの役職持ちと思われる。

「我らが主よ……今から其方《そちら》へ向かいます」

「っ……」

隊長クラスと言ったら、邪教徒を含めた脅威と戦い抜いてきたベテラン兵士だ。

原作であれば歯牙にもかけない相手だが、俺にとってはボスクラスの難敵。瀕死であっても苦戦は必至だ。

けど、幹部連中以外にビビってどうすんだよって話。殺される前に殺すしかない。

あらん限りの気迫を以て懐に飛び込み、渾身の力で剣を打ち込んだ。

コォンという澄んだ音が響いて、二人は鍔迫り合いの体勢になった。

「はぁぁ……ッ！」

瀕死にもかかわらず異常な出力の男。

上を取られ、重力に任せて深く押し込まれる。腰が砕けそうだ。

力が拮抗する中、視界の端に偶然矢傷を発見した。

脇腹に折れた矢の一部が刺さったままだった。

咄嗟の判断。俺は敵の脇腹に突き刺さった矢を蹴り上げた。

「うッ！」

ずぶ、と嫌な感触がして、矢が男の身体に沈み込んだ。

剣に込められる力が少しだけ緩む。

その隙を突いて攻勢に出た俺は、あっという間に優位に立った。

相手は瀕死。蝋燭《ろうそく》の火は消えかかっている。

しかし、隊長の危機を察知したのか――足元で死んでいたはずの正教兵が息を吹き返し、あろうことか俺の足首に抱き着いてきた。

「た、隊長……私もお供しますぅ……！」

致命的な隙だった。

（んな、バカなことが――!?）

体勢が崩れる。視界が揺らぐ。

直後、鈍い衝撃と熱。瞼の裏に火花が散る。胸元に剣が突き刺さっていた。

「うぐあぁっ!!」

痛みに仰け反る暇もなく、後頭部が地面に激突する。

崩れ落ちるように俺の上に馬乗りになった男は、逆手に持った剣に体重をかけ始めようかという動きを見せた。

「待っ――!?」

反射的に命乞いのような「待った」が出たが、男の瞳の色は変わらない。戦場にそんな甘えが通用するわけもない。それを自覚した次の瞬間、男の上半身が暴風と共に削り取られた。

少し遅れて衝撃波と土煙が巻き起こり、しがみついていたもう一人の兵士が吹き飛ばされる。

何らかの衝撃で地面を舐めさせられた俺は、しばらく転げ回ってから顔を上げた。

視線の先。地面に深々と突き刺さった岩が、砂煙を上げているのが見えた。

――『マーカー』への投擲だ。ヨアンヌが俺の危機を察知して岩を投げてくれたのだろう。

彼女に助けられた。

ほっと一安心したのも束の間、俺は胸元に走る電流のような痛みに喘いだ。

「っ……く、痛って……」

肋骨があったおかげで致命傷にはならなかったが、転倒の衝撃で胸部の深くまでを剣で抉られた。服の隙間から見える傷口はパックリと割れ、黄色い脂肪が覗いていた。

ゆっくりと呼吸を整えた後、俺は何故ヨアンヌが頭部を投げて『転送』してこなかったのか思考を巡らせる。

……やはり、ヨアンヌはまだセレスティアと戦っているのか？

岩が飛来した方向を見ると、僅かな音がした。目を凝らしてそちらを眺めると、不自然に風景が歪んで見えた。

セレスティアの風の魔法だ。音に従ってそちらへ走る。

「…………!!」

そして、歪んだ空気の先に広がる光景を目の当たりにして、俺は絶句した。

首から上の存在しないヨアンヌらしき少女の胴体と、その上に伸し掛かる顔半分を切断されたセレスティアが、それぞれの中身を垂れ流しながら戦っていたのだ。

どれほどの覚悟があればあのような修羅になれるのだろうか。俺は自分の命の可愛さを忘れて呆然と打ちのめされた。

「細胞を一欠片も残さず消し飛ばせば——いくらしぶとい貴女でも復活はできないっ!!」

頭部を完全に破壊されたヨアンヌは、視界を喪失しているためセレスティアの位置を特定できない。拳を虚空に向かって振り抜き、あらん限りの力で身体を波打たせ、めちゃくちゃに暴れている。

頭部の復活まではコンマ数秒程度のラグしかないが、逆に言えばそれだけの時間があるのだ。戦闘能力が優れている彼女達にとって、その数秒は大きな猶予になる。

——まずい。ヨアンヌが殺される。

嫌な予感を察知した俺は、胸の傷口が開くのも厭わずに叫んでいた。

「ヨアンヌ、早く起きろおっ!!」

ヨアンヌのことが嫌いだ。何を考えているか分からないし、邪教の教祖を崇めているし、俺を監視してくるし。そのはずなのに、ヨアンヌに死んで欲しくなかった。打算ではなく、複雑怪奇な本心からの想い。

今考えれば分かる。何故あの時俺を助けるように岩が飛んできたのか。何故ヨアンヌは頭部を吹き飛ばされて不利な状況に陥っているのか。

——ヨアンヌは俺を助けるため、セレスティアとの戦闘中に無理を通して岩石を投げてくれたのだ。

（……意味分かんねぇ!!　何でだよ!?　そんなの『ヨアンヌ』らしくねぇ!!）

お前は勝利のためなら多少の犠牲は呑み下すような人間だったはずだ。

血も涙もない、教祖以外は眼中に無い狂信者だったじゃないか。

……どうして？

ヨアンヌの上に乗るセレスティアが、己の銀髪を血に染め上げながら吐き叫ぶ。

「これで――終わりですッ!!」

セレスティアの銀髪が後方に靡く。両の手のひらを合わせたかと思うと、彼女は掌底を突き出して力を凝縮し始める。大気が揺れ、風が彼女の手元に収束していく。

まさか、アレは原作中盤に生み出すはずの対幹部用奥義――

「――爆ぜなさいっ!!」

聖なる風が大地を薙ぎ払う。

極限まで押し潰された空気弾が射出され、轟音と共にヨアンヌの身体に到達し――

次の瞬間、少女の肉体がこの世から削り取られた。

血の一滴、細胞一片すら残らぬ一撃。

少し遅れて、セレスティアを中心として微風が吹き抜けた。

「はぁ――はぁ――……これでやっと……決着ですね……」

俺はその場に崩れ落ちる。

均衡は崩れ去った。

力を使い果たしたセレスティアはその場に膝をつく。そのまま俺を睨《ね》めつけ、目撃者は逃がさないと言わんばかりに予備動作なしの風の魔法を飛ばしてきた。

俺にはもう攻撃を避ける体力がない。先の正教兵士との戦いで使い果たしてしまった。

胸の激痛と疲労感もあって、俺は抵抗せずに目を閉じ死を覚悟する。

「────」

死の寸前、首元のペンダントが震えているのに気づいた。

雛が卵の殻を食い破ろうとするように、激しく震えていた。

「……!?」

目を閉じて何秒経っただろうか。いつまで経っても死の衝撃は来ない。無力感と絶望に溢れていたのに、あまりにも何もないものだから、徐々に困惑が湧いてきた。

何事かと思って目を開く。


目の前に、裸の少女が立っていた。

「アタシ、復活～」

へらへらとしたハスキーな女声が一帯を支配する。

長い長い沈黙。何が起こったか分からなかった。

唖然呆然。顔面を蒼白にしたセレスティアは、激しく髪を振り乱しながら悲痛な叫び声を上げる。

「ヨ、ヨアンヌ……どうして!?　貴女は先の一撃で細胞一つ残さず消滅したはず……!!」

「あぁ、コイツに肉片持たせてたんだわ。オマエは知らなかっただろうけど」

「────ッッ!!」

セレスティアは、苦虫を噛み潰したような、自分の愚かさを嘆くような、それでいて煮え滾るような怒りを嚥下し切れない、といった凄まじい剣幕になった。

ヨアンヌの発言でやっと思い出す。マーカーだ。俺がペンダントの中に入れていた耳朶は『肉片』そのもの。彼女の細胞はこの世から潰えていなかったのだ。

安心のあまり、俺は腰を抜かして大きな溜め息を吐いてしまう。

「……まさか、わたくしが捨て台詞を吐くことになるとは思ってもみませんでした。また会いましょうヨアンヌ……次は必ず殺します」

セレスティアはヨアンヌの復活に絶望し、最大の好機を逃してしまったため分が悪いと見て己の姿を晦ませた。何故か逃走したセレスティアを追わないヨアンヌ。理由を尋ねようと彼女を下から見上げると、裸のままのヨアンヌと目が合う。

「オクリー、無事だったか」

彼女は俺の胸の傷を見かねて、いち早く治癒してくれた。

そして、ぽつりぽつりと言葉を紡ぎ始める。

「オクリー。アタシ、おかしくなっちまったみたいだ」

「え……?」

「アタシは教祖様の喜ぶことなら何でもしたいし、する。教祖様が与えてくれた任務なら喜んで引き受けるし、あの人のためなら喜んで死ねるよ。なのにオクリー……オマエのことを考えると冷静な判断ができなくなる。身体がオマエの方向を向いちまうんだ」

「何を言って……」

一難が過ぎ去ったはずなのに、俺は妙な怖気に襲われた。

「まず、オマエが正教兵に襲われていた場面。……セレスティアを討ち取るためには、あそこで背中を見せて岩を投げちゃダメだった。そのお陰で頭吹っ飛ばされてマウント取られちまったしな」

ヨアンヌの吐露は止まらない。

「さっきもだ。アタシは動揺したセレスティアを無理してでも追うべきだった。……でも、アタシはオマエの怪我が気になって奴を追えなかったんだ」

止まらない。

「ずっと考えてた。アタシを狂わせるこの感情の正体を。オマエを知ってから、ずっとずっと……」

止まらない。

それどころか、彼女の激情は加速していく。

「でも、やっと分かったよ。この気持ちの意味が」

あの目だ。

どこまでも冷たい、モノを見るような螺旋の瞳。俺のことを「邪魔だな」と言ったあの瞬間と全く同じ温度の瞳——

「オクリーもそうなんだろ？」

常人には理解しえぬ精神状態。関わってはいけない人種。原作ファンが称したその意味を、俺は身を以て知ることになる。

「うん、そうだよな。そう思ってた」

——天地がひっくり返る。

「この感情の名前は『恋』……アタシ達『両想い』みたいだ」

全身に鳥肌が立つ。『信頼』も『友情』も飛び越えた重すぎる感情の名前を聞いて、俺は生まれて初めて心の底から戦慄した。

俺は、どこか傍観者然と振る舞ってきた。ゲームの中の世界と同じであるのを良いことに、現実と向き合ってこなかった。幹部共をネームドの『キャラ』として扱い、一人の人間として見ようとしなかった。

——最悪なことに、ヨアンヌは生きていたのだ。

シナリオライターに与えられたテキスト以外の言葉を話し、自由に思考し——誰かを好きになる。原作主人公が彼女を惚れさせたように。

「…………」

思考停止に陥り、両の目玉が別々に動くのを感じた。

「なぁ、オクリー。もう一度……そのローブを掛けてくれないか？」

どんな敗北よりも、どんな死に方よりも辛い現実が差し迫る。

あぁ――俺は――

「……へへっ。アタシの肌を隠そうとしてくれるの、教祖様とオマエだけだよ」

時刻は正午。霧は晴れ、雲もない。

しかし、俺の視界は闇夜よりも濃い暗黒を映していた。

「両想い記念に受け取ってくれ、アタシの薬指だ。耳朶が腐る前に交換しておきたかったんだが……ふふ、手間が省けたな」

「…………」

そう言うと、ヨアンヌは俺の首に提げられたペンダントを開いて、せっせと指を詰め始めた。

やっと思考が再回転してきた。何が起こっているかを全て理解した俺は、努めてにこやかに微笑んだ。

詰められた指、カタツムリみたいで可愛いね。

もうどうにでもなれ。

# 五章　ダルマorバナナ、そして婚約指の輪っか

結局、双方の生き残りは三人だった。正教側はセレスティアのみが生存し、邪教側は俺とヨアンヌが生存。頭部を破壊されたり魔法で耳朶以外を消し飛ばされたりしたはずの少女はピンピンしている。意味が分からない。

被害は正教側が四十五名死亡、邪教側が十九名死亡。これは提案なのですがアーロス様、宗教戦争はもうやめにしませんか？　殺し合いをしたいと思ってるのあなたしかいませんって。多分正教側もやめたいと思ってますよ。

せめてもの貯《たくわ》えにと、壊れていないクロスボウと剣と防具を死体から強奪して馬車に詰め込んだ。

死人から物を奪うなど倫理観を疑うような行為だが、任務失敗でマイナスになっている教祖ポイントの埋め合わせをしないといけないという思考で動いていた。普段の俺だったらこんなことはしないだろう。ヨアンヌの告白を受けて冷静ではいられなかったらしい。

そんな俺の篤信な行いに、ヨアンヌの口元から白い歯が零れる。

「オマエは気が回るな」

「いえいえ、そんなことはありませんよ」

本当に俺が気の回る男だったら、無意識に狂人を攻略して気づいた時には好感度マックスみたいな状況にはならないんだよなぁ。

……俺、何か悪いことしてたかな？

ヨアンヌに手伝ってもらって死体を埋葬した後、帰路に就きながら過去の行いを振り返る。

俺は大それたことなんて何もしていない。

一般教徒から畏怖されている幹部少女の戦闘に果敢に加勢したり、戦闘後に裸になっていたのでローブを掛けて身体を隠してあげたり、教団がプレゼントしてくれるペンダントに彼女の肉の一部を詰め込んでみたり、貴方様の服はもちろんお似合いでございますとか言ってみたり、破れてしまったローブをもう一度掛けてあげたり――

数え役満ってところか……？

俺、フラグ立てるの結構上手いのかもしれない。前世でモテなかったのが不思議なくらいだ。

（どうしよう）

そういうわけで、俺は隣にちんまりと腰掛けている少女――悪の大幹部ヨアンヌを攻略してしまったらしい。俺からの好感度は限りなくゼロに近いのに、彼女からの好感度は恐らく教祖アーロスと同程度には高いときた。このままじゃ彼女をおかしくさせてしまった責任を死という形で強制的に取らされそうである。

まぁ婚約指輪ならぬ婚約指を渡されちゃったからね。怖すぎるし重すぎるしどうしようって感じで、流石の俺も今後について熟考せざるを得ない。

うーん、まずい。史上稀に見る異常事態のせいで頭が働かん。このままじゃヨアンヌの愛の表現方法である『監禁・四肢切断』まで一直線ではないか。それだけは阻止しないといけないのに。

上手いこと一線を越えないように、のらりくらりと彼女の狂愛を躱し続けなければ……。

「……ヨアンヌ様は……何故私のことを好きになったのですか？」

「何故って、そりゃ——おい、アタシに理由を言わせるのか？　照れ臭いぞ」

「失礼しました。聞いてみただけです」

おいオクリー、聞いてみただけですって何だ？　入れ込みやすいこの女に向けてそういう思わせぶりな発言は一番言っちゃいけないんだよ！　向こう側が勝手に都合良く解釈しちゃうからさぁ！

俺は自分の頭を殴りつける。間違いなく美少女ゲーをやり過ぎた前世の弊害が出ている。イケメン主人公や人気ヒロインにしか許されないセリフがスラスラ出てきてしまう。

「ところでヨアンヌ様、何も左手の薬指をマーカーにすることは無かったのでは？」

先の失言を誤魔化すように早口で捲し立てると、ヨアンヌの瞳が大きく見開かれた。

彼女は真顔で首を捻る。梟《ふくろう》が首を傾げるように非人間じみていた。

「何か不満か？」

有無を言わせぬ圧力。俺は小さく「いえ」と返すことしかできなかった。

人間の指には色々な意味がある。人に向かって親指を立てると「いいね！」になるし、中指を立てるととんでもないことになる。左手の薬指を両想い記念のプレゼントとして贈ってきたということは、やっぱり婚約指という風に受け取ってほしいんだろうか。

「私が聞きたかったのは何故耳朶や他の指ではなかったのかな……ということです」

「あぁ、そういうことか。ビックリさせるなよ」

ヨアンヌは『無』だった表情をパッと明るくさせると、本当に嬉しそうに話し始めた。

「アーロス様がこう言ってた。『女性の左手の薬指と心臓は一本の血管で繋がっているのですよ』って。特別な指だからオマエに持ってて欲しい。それに、オマエがアタシの一部を身につけてくれてると……堪らなく嬉しいんだよ……」

お、おぉ……言葉だけなら可愛らしいのに何と言うか……いや可愛らしいか？

騙されるな俺、相当毒されてきてるぞ。

彼女の言葉で引き攣《つ》ってしまった頬を、何とか笑顔に見えるように雰囲気で誤魔化す。俺の笑顔を見たヨアンヌは照れたようにはにかんだ。

ただ、俺の四肢をチラチラと盗み見ているのがバレバレである。至近距離で俺に向けられる瞳の温度は冷えているし、何がしたいのか手に取るように分かる。そう遠くない未来、俺は彼女の手助け無しには生きていけなくなるのかもしれない。

「なぁオクリー……少し寄ってもいいか？」

「いやっ……はい」

彼女の中では「良い雰囲気」なのだろうか、頬を染めたヨアンヌが太ももをくっつけてくる。対する俺は馬の手綱を握り続けていたので、断ることもできなかった。

距離の詰め方が尋常じゃない、今思い返したら原作エロゲーだったな――とか考えながら馬を操っていると、視界の端に上気した彼女の鎖骨が映った。

そういえばこの女、小さな耳朶から復活したものだから服がなくて、裸ローブとかいう際どい格好なんだった。

何もしなければ見てくれだけは良いヨアンヌを見て、俺はほんの少しだけ動揺してしまう。そして、彼女から女性特有の甘い香りが漂って――くるはずもなく、凄まじく濃い鉄の臭いが漂ってきたのを感じて正気に戻った。

（普通に血の臭いが凄い。一瞬勘違いしかけたけど、やっぱりキツいわ。画面上のエンタメとして楽しめる環境だったらまだしも……）

原作のキャラデザが神なのもあって、生で見る彼女は二割増の美少女である。

精神性と設定のマイナス分が大きすぎるものの、ビジュアルだけならどんなゲームでもメインを張れるレベルだ。彼女を象徴するメッシュの入ったウルフカットや緑のグルグル目、トドメのスプリットタンは魅力的と認めざるを得ない。見た目だけなら。

この世界で初めて生でお目にかかった時は、正直なところテンションが上がりかけたものだ。多くの原作ファンが素晴らしいキャラデザだ――なお性格には触れない模様――と評するだけはあって、モデルか女優かと思うくらいには可愛い子だった。

だが、性格がコレでは百年の恋も冷めてしまう。ヨアンヌと初めて出会った時にテンションが上がり切らなかったのは、彼女の理解しがたい性格が初対面の時点でありありと分かってしまったせいである。

人間、見た目よりも性格の方が大事って言うじゃん？　そういうことだ。

しかし、驚くなかれ。個別ルートは欠損フェチや極限のマゾに大人気で、頭がおかしくなってしまったのか彼女を最推しに挙げるファンもいる。

彼らは実際に会ったことがないからそんな楽観的なことを言えるんだろうな。

「スゥ――――ハァ――――……」

ヨアンヌの息遣いが危険な熱を帯び始めたのを察知して、俺は座る位置を移動させて彼女と距離を置いた。

「ヨアンヌ様、今はハァハァしてる場合ではありませんよ。敵の策略に嵌められたとはいえ、我々は任務に二度失敗したんですからね。アーロス様に対してどのように報告すれば良いのか考えるべきです」

実はそっちも怖かったりする。ダルマもしくはちんちん肉の花ルートに両足ズブズブな時点で今更何を言ってるんだって話だけど、現実的にはこっちの脅威の方が早く直面することになるからな。

教祖の名前を出されて多少の落ち着きを取り戻したヨアンヌは、前方に見えてきた古城拠点を見上げた。

「今回は偽の情報を流したスパイがいたからな。大目に見てくれるんじゃないか？」

「……そんな甘い判断が下るでしょうか」

下るわけがない。ヨアンヌは幹部の立場にいるから俺達モブの立たされている状況を分かっていないのだ。

「イザって時は一緒に怒られてやるよ」

青春かな？　しかし、一緒に怒られようって……具体的な解決策が何も無いってことだぞ。

不安を隠せない俺は、拠点への帰還を素直に喜べなかった。

幹部への報告が終わった俺は、両手両足を椅子に縛られて尋問室に閉じ込められていた。

（地下牢にぶち込まれるよりヤバいことが起きてしまった……）

尋問室にぶち込まれた経緯はこうだ。まず拠点に帰ってきたアーロスに任務失敗を告げると、彼は大層残念そうに首を振ってその場を後にした。

見限られたかと思って慌ててスパイのことを告げようとしたところ、アーロスは幹部の一人ファンキロを連れてきた。

それからはファンキロと詳しい『お話』をするべく、なし崩し的に尋問室に入れられてしまったわけである。

普通にお話しするだけならわざわざ地下に行かなくても良いんじゃない？　モブ使いが荒すぎる。

ぐったりしながら天井のシミを数えていると、尋問室の扉が開いた。

「オクリー君、で合ってるかしら。待たせて悪かったわね」

幹部序列七位、ファンキロ・レガシィ。タイトなスカートを身につけた、白髪ボブで褐色肌の美女だ。原作では影が薄く、闇堕ちルート以外では立ち絵が出ることすら稀である。一応個別ルートはあるが、流石にヨアンヌよりは内容が薄い。

ファンキロは普段から古城拠点の運営管理を行っており、長い時間を非戦闘員として過ごしてきた。彼女の特長は固有魔法に裏付けられた尋問能力の高さであり、今この状況は力を発揮するうってつけの機会というわけだ。

俺は生唾を嚥下して、思わず背筋を伸ばした。こいつはヨアンヌより大分頭が切れる。

しかも、彼女の能力の引っかかり方によっては死を免れない。

『お話』の内容を想起して、俺は尋問室内の冷たい空気を肌に感じ始めていた。

　ファンキロは薄汚れた箱を抱えながら、足で蹴って扉を閉める。箱の中には様々な拷問道具が詰め込まれており、やはりというか……まともな対話ができるわけじゃないようだ。あくまで一方的なやり取りになるだろう。

「話すのは初めましてになるのかな?」

　ファンキロの持つ魔法は少々特殊である。直接戦闘に向かない代わりに、ある条件を満たすと任意のタイミングで相手を即死させることができるのだ。

　彼女の魔法の正体とは、『相手の顔・氏名・年齢』を知っている時、半径二メートル以内で自身に対して虚偽の発言をした者を呪死させるという『呪い』である。条件達成に手間のかかる能力だが、治癒魔法を貫通して即死効果を与えるという見返りは相当のもの。

　ただ、原作中で彼女の出番や功績が少ないのは、敵が悪かったとしか言い様がない。能力発動条件を満たすのに時間がかかりすぎる上、射程が短すぎて一般的な幹部同士の戦闘についていけないのだ。

　尋問でしか輝けない女とファンに揶揄されるのも納得である。

「まずは自己紹介から。ワタシはアーロス寺院教団の幹部をやらせてもらっているファンキロ・レガシィという者よ」

「……オクリー・マーキュリーです」

　探るような自己紹介を交わした後、こうして俺とファンキロの『お話』が始まった。

「ヨアンヌから話は聞いてるわ。この数日で二回もセレスティアに襲われたんですって？　大変だったわねぇ」

ファンキロは俺の周りをくるくると歩き始める。どんな質問をしようか考えているのだろう。当たり障りのないジャブから入ってきた。

コツ、コツ、とハイヒールの軽い音が室内に反響する。

ヨアンヌとは違った緊張感。俺は唇を舐めた。

ファンキロの能力は、俺のようなモブ雑兵にとって最強格の魔法である。八方塞がりとはこのこと。何かを口にする勇気もなく、俺は押し黙って俯いた。

うなじの辺りにじんわりとした脂汗が滲み、シャツと素肌の間に不快な感覚が宿る。

「ワタシの魔法を軽く説明すると、嘘を見抜いた相手を殺す能力よ。じゃ、尋問を始めるわね？」

ヤバい、質問が来る。ビクンと身を固くした俺は、詰みに至る質問でないことを心から祈った。

「まず聞きたいのだけど――君、ヨアンヌに何をしたの？」

「はい？」

唐突な変化球。何故ヨアンヌの名前が……？

「あの子、ワタシが君と『お話』するって言ったら急に暴れ出したのよ。役職のない教徒に尋

問するだけなのに……君のことになると明らかにおかしくなっていたわ」

「…………」

「しかも、よく見たらヨアンヌの薬指が無くなってた。話を聞いたら『マーカー』として君に渡したって言うじゃない、どうなってるの全く……」

……これはこれで、嫌な予感がする。

「ヨアンヌはあんな子じゃなかったわ。君が変えたのね」

ファンキロが俺を拘束した椅子の背後に立ち、背筋をなぞってくる。全身に鳥肌が立ち、俺は激しく身を捩《よじ》った。

「うっ……く！　な、何を……」

「これから質問タイムよ。素直に答えないと死ぬから注意しなさい」

その声がした刹那、俺は死神の鎌を幻視する。

首筋に冷たい空気が流れ込み、喉仏に触れた。

「一つ目の質問。君は我々アーロス寺院教団の敵なんでしょ？」

——部屋の隅に凝り固まっていた闇の中から一本の『鎖』が飛び出してきて、俺の首に絡み付く。この鎖こそ彼女の魔法が発動条件を満たしている証《あかし》。ファンキロには顔も名前も年齢もバレていることになる。

この鎖が嘘を暴いた瞬間、彼女の能力は俺の命を刈り取っていくのだ。

「二つ目の質問。あの子は君と『両想い』だと言っていたけど——君達は本当に両想いの関係にあるのかしら？」

新たな鎖が飛び、俺の胴体を締め付ける。

「三つ目。一応聞いておくけど……本当は魔法を使えたり……しないわよね？」

腰に鎖が巻き付き、俺は完全に動きを封じられた。質問に答えなければ逃げられない。

「ぐ……あ……！」

都合三本の鎖に全身を締め付けられながら懸命に思考する。

三つの質問の内容からして、フアンキロは俺を正教側の人間と疑っているのだろう。そして、何かしらの力でヨアンヌの心を惑わせたと考えているのだ。だから偽情報に翻弄されたことへのフォローもないし、予防線を張ってまで俺を殺しに来た。

俺が敵だったと仮定しよう。彼女の能力に怯えて本当のことを言うようなら、情報を引き出した上で嬲り殺しにすればいい。逆に彼女の能力に刃向かって嘘をつくようなら、任意のタイミングで俺を即死させる権利を得ることができる。仮に俺が味方であれば疑念を晴らすことができる……完璧な作戦ではないか。

二つ目の質問には私情が入り交じっている気がするが、最初と最後の質問は即興にしては非常に合理的だと言わざるを得ない。

無論、最初と最後の質問の答えはすぐに用意できる。今のところ俺はアーロス寺院教団の敵ではないし、魔法なんか使えないのだから。

そもそもこの国で魔法を使えるのはケネス正教及びアーロス寺院教団の幹部たる十四人の人間しかいないのだから、三つ目の質問は石橋を叩いて渡り過ぎるような問い掛けである。どれだけ質問しても術者であるファンキロにデメリットが生まれないため、やり得ではあるが。

しかし、二つ目の質問にどう答えたものか。俺は完璧な回答を考察し始めた。

客観的にはヨアンヌが俺に片想いしているだけなのだが、俺もヨアンヌというキャラ自体は多少好きだから、そういう意味では両想いと言えるし——

いや、そんなこと今はどうでもいいだろう。俺達は両想いじゃない。本心で答えるべきだ。早く鎖を解き放たないと窒息死してしまう。

そして、酸素を求めて胸を仰け反らせた時、ペンダントの中の『マーカー』が激しく震えているのに気づいた。

（……あ？）

視線を感じる。粘っこくて、しつこくて、それでいてモノを観察するような——不思議な視線。反射的に、部屋の外に繋がる扉の鉄格子に目をやった。

錆び付いた鉄格子。その隙間から、螺旋状の双眸が瞬きひとつせずに俺を見ていた。

「…………」

——ヨアンヌだ。『マーカー』探知能力で俺の位置を特定して、ファンキロの尋問の様子を見に来たんだ……。

　俺は二つの絶望に曝された。

　俺の本心は『両想いではない』。だが、ヨアンヌの目の前で『両想いではない』と答えてみろ。ファンキロの即死の呪いは免れても、激高したヨアンヌに即行血祭りに上げられるだろう。

　逆に、『彼女と両想いだ』と答えてしまえばファンキロの呪いが即死条件を満たし、言い訳する暇もなくゴミのように殺されるだろう。

　俺は……俺はどうすればいい？

　少しでも身動きを取れば、俺を繋ぎ止める鎖が鈍い金属音を立てる。冷たい空気の中に燃えるような熱さを感じて、俺の顎先から珠汗が滴り落ちた。

（そ、そうだ——二つ目の質問は『俺達は本当に両想いの関係にあるのか』どうかだ。『はい』か『いいえ』で答えろ、みたいな制限がつく前に答えないと……！）

　俺は顔を上げようとしたが、寸前でファンキロの言葉が頭の上にのしかかる。

「あぁ。微妙な返事で誤魔化されるのは嫌だから、制限を設けましょう」

「え……」

「先の質問には必ず『はい』か『いいえ』で答えなさい」

　微かな衝撃。鎖の色が黒々と変色し、拘束がよりキツくなる。

　やられた。二つ目の質問の逃げ道が完全に塞がれてしまった。

ファンキロは恐らく一つ目の質問――俺がアーロス寺院教団の敵ではないのかという問い――に白黒つけたかったのだろう。あやふやに濁した答え、もしくは敵でもなければ味方でもないという答えを潰したかったと考えられる。

また、先の縛りは三つ目の質問に対する牽制でもあったはずだ。今思い返せば、純粋に『あなたは魔法を使えますか？』ではなく『あなたは本当は魔法を使えるんじゃないですか？』という質問だったのもいやらしい。

二つの質問の意味は大きく違ってくる。例えば、ファンキロの魔法は厳しい条件を乗り越えなければ使えない。魔法能力を有していたとしても、条件を満たしていなければ魔法を使えないのだから、いいえと答えて前者の質問を安全に通過できる可能性が生まれてしまう。

しかし、後者の言い方をすることによって、条件付きの魔法使いを炙り出すことができる。

俺には関係のないトラップに終わったが、恐らく俺が思っていることは彼女も考慮していたはずだ。ファンキロの魔法は使い手の言葉ひとつ単語ひとつで大きく姿を変える能力と言えるだろう。

「ひ、一つ目と三つ目の質問に答えさせて頂きます。答えは両者とも否定……『いいえ』です。私はアーロス寺院教団の味方であり、魔法能力などは一切有しておりません」

ファンキロの眉間に皺が寄る。『鎖』は虚偽の発言を感知せず、処刑を行わない。重々しい音を立てながら二本の鎖が弾け飛ぶのを見て、彼女は驚いたように頭を掻いた。ファンキロなりの当てが外れたらしく、バツが悪そうだ。

「三つ目の質問はともかく一つ目も外しちゃったか。ってことは何？　ヨアンヌが惚れやすかっただけ？　……拍子抜け過ぎる結末ね……」

フアンキロが大きな溜め息を吐く。一つ目の質問を回避できたのは謀反を起こす前だったからだ。ヨアンヌに出会ったお陰で利敵行為を行えなかったとも言える。

ただ、謀反を起こしたとしても企てが成功する可能性は恐ろしく低かった。結局はヨアンヌに出会って好意を持たれてしまった時点で、いつかはこうして尋問される運命だったのかもしれない。

俺の人生はヨアンヌ・サガミクスとの出会いで変わってしまった。彼女は今も俺のことを見つめている。

俺は考える。俺の命運は第二の質問にて分岐することになるだろう。

俺は考える。両想いとは、二人の人間が互いに恋愛感情を抱いている状態のこと。俺は俺自身がヨアンヌのことを好きではないと知っている。答えは完全に『いいえ』だ。

俺を待っているのは、虚偽の返答による即死効果の付与か、ヨアンヌの偏愛による逃れられぬ死。死ぬタイミングが早いか遅いかの違いでしかない。

死に方を選べるなら、より楽な死に様を選ぼうというのが人間だろう。男性器を滅多切りにされるのと呪いによる即死なら、断然後者が良い。いや、良いわけないんだけど……とにかくそれしかない。鎖の裁定に従って俺は死ぬのだ。

ぎょろりとした翡翠の双眸に睨めつけられたまま、俺は二つ目の質問に答えた。

「二つ目の質問の答えは『はい』……我々は両想いです」

俺の小さな返答を聞いて、ふぅんと片眉を持ち上げるファンキロ。

最後の鎖が異空間に呑み込まれ、俺は全ての鎖から解放された。

（え……？　鎖が消えて――即死効果の発動は？　どうして俺は死なないんだ？）

目を閉じ、息を止め、奥歯を噛み締め、人生の終わりを覚悟していたというのに。

いつまで経ってもその瞬間が訪れない。

激しい動揺。何故虚偽の申告に対して死が下されないのだ？　ファンキロの魔法の発動条件は整っているはず。『鎖』は間違いなく顕現していたし、条件に関して不備があったとは思えない。

視界が狭窄している。手の汗が沸き立つような焦りと惑乱を感じる中、尋問室の鉄扉がめきめきと音を立てながらひしゃげて折れた。

あっという間に鉄扉が破壊され、くしゃくしゃに丸め込まれて鉄塊へと姿を変える。その惨状の向こう側で、ヨアンヌが呆然と立ち尽くしていた。

「あぁ……あぁ……！　その言葉が聞きたかった！　アタシも大好きだぞ、オクリー！」

自らの身体を抱き締めながら、よろよろとした足取りで接近してくるヨアンヌ。震えるような幸福に曝されて、彼女の感情は増幅していった。みるみるうちに少女の頬は紅潮していき、それとは裏腹に瞳の温度が下がっていく。

俺は違和感に打ちのめされた。あの状況から生き残れたのだから万々歳なはずなのに……どうにも引っかかる。嫌な予感がした。

その予感を確かめる間もなく、縛られた俺の目の前にヨアンヌが立った。恍惚とした表情の少女と目が合う。脇目も振らぬ真っ直ぐな目線。彼女の心から溢れ出してくる熱い想いが直接的な行動となって、俺の身体に纏わり付き始めた。

原作テキスト曰く、この少女は愛情を知らずに育ってきたらしい。それ故に彼女の愛は歪んでいるのだ。彼女が表現する愛情は、鉛のように重く、鈍く、目を逸らせぬ歪さを有していた。

「ちょ、ちょっと。ここで始めないでよ？」

ファンキロの制止をものともせず、ヨアンヌはファンキロが持ち込んだ拷問道具を後ろ手で引ったくる。錆びた鉄の持ち手と、少女の上腕ほどの刃渡りを有する二枚の刃。木の枝を剪定するための刈込鋏《かりこみばさみ》だった。

ごとんと重々しい音がして、危険すぎる少女の諸手に刈込鋏が携えられる。部屋に差し込む光を反射した動刃《どうば》が、鈍い色を主張しながら目と鼻の先まで接近してくる。

（おっ、おい、嘘だろ。テンションが上がりすぎてこの女――）

あの鋏は、原作主人公の一物をずたずたに切り裂いた道具そのものだ。確か四肢切断の際にも顔を出していた。トラウマシーンに花を添える名脇役とも言えるだろう。

ヨアンヌは瞳孔を開いて刈込鋏を逆手に持ち上げる。

俺は血溜まりの中に蹲る自分の姿を幻視した。

「オクリー……オマエは――オマエってヤツは――どれだけアタシのことが好きなんだよ・・・・・・・・・・・・・・・っ!!」

ヨアンヌは感極まったように刈込鋏を振り上げ、俺の両脚の隙間に叩きつける。

金属を砕くような鋭い音が耳をつんざいて、刃の大部分を座板に貫通させる形で、刈込鋏が脚の間で直立していた。

俺は反射的に身を引いたお陰でギリギリ直撃を免れていた。刃先が額を擦《かす》る程度で済んだのは幸運だったが、刃先が擦ってしまったせいで眉間が割れ、傷の浅さに対してやや過剰な出血が始まっている。

「っ……!!」

もしも鋏が身体に直撃していたら？　股間のすぐ手前に突き立った凶器を見て、あまりの恐ろしさに全身の震えが止まらなくなってしまう。次第に表情を取り繕うことができなくなり、気づいた時には椅子の上で尿を垂れ流していた。

巨大な鋏の柄を掴んだまま、膝をついて息を荒くするヨアンヌ。こいつはまだやる気だ。その様子を見た俺は、涙目になりながら過呼吸状態に陥ってしまう。

ヨアンヌは未だに恍惚から抜け出せていなかったが、俺の失禁に気づいて顔を上げた。

惚けた表情の少女と目が合う。狂気に染まった翡翠の双眸が愛おしそうに細められ、堪らなくなったように俺の頬に両手を添えてきた。

「あぁ、その顔……可愛いよオクリー……」

小さな口を開いたヨアンヌは、半狂乱になった俺の首筋をスプリットタンでなぞるようにして舐め上げた。無邪気な笑みと螺旋状の瞳が肉薄し、名残惜しそうに首を何度も味見される。声すら上げられなかった。仮にも美少女の舌が肌を這いずっているというのに、彼女から逃れようと必死に拘束の中で暴れ回った。

興奮なんてできない。ヨアンヌは壊れている。思うがまま、感じるがままに俺の四肢を切断しようとしているのだ。もはや人の形をしたバケモノと思った方がいい。

「……この拘束。丁度いいか」

ヨアンヌは両脚の間に屹立した刈込鋏を軽々と抜き放つ。その噛み合わせと切れ味を示すように、刈込鋏は異音を発しながら虚空を二度三度切り裂いた。

「ちょっ——と、待っ——!?」

ガタガタと椅子を揺らしてヨアンヌから逃れようとするが、両手両足が縛られていては逃れられるはずもない。追い打ちをかけるように、彼女の薬指が入れられたペンダントのことが脳内に思い浮かんだ。

——『マーカー』がある限り、俺はこの少女から逃れられないではないか。

ファンキロに視線で助けを求めるが、間に合いそうもない。

「少し痛いだろうけど、我慢してくれよな」

俺の肩口に、大きく開かれた刈込鋏が当てられる。

そして彼女が取っ手を狭めようとしたその瞬間――脳裏に逆転の一手が浮上した。

天地をひっくり返せるかもしれない妙案。思い込みの激しい彼女だからこそ通じる強引な一手だった。迷っている暇はない。その案を実行しにかかる。

「ヨアンヌ、様ぁっ！」

「ん？」

爪先だけを動かして地面を蹴り、椅子ごとヨアンヌに向かって近づく。

彼女が呆けた声を上げたその時――

「むぐ……――っ!?」

俺はヨアンヌの唇を塞いだ。

キスの味とか、そういうのは分からなかった。ただ夢中だった。

数秒間の接触の後、ヨアンヌは目を見開きながら俺を押し退ける。

「あ……う、え？　今、何したの……？」

キスされるとは思っていなかったらしいヨアンヌは、刈込鋏を取り落として激しく狼狽していた。耳まで真っ赤にしながら唇に指を添えて、余韻を確かめるような反応をして。

「ま、まさかアタシ、き、き、キス——を——……っ」

涙目になったヨアンヌは、尋問室から一目散に逃げ帰っていった。

(たっ——助かった……ありがとう俺のファーストキス……)

あの時、俺は原作の個別ルートのことを思い出していた。ヨアンヌがどういう価値観を持っているのかは分からないが、加虐行為は躊躇わないくせに、キスや性行為は年頃の少女らしく普通に恥ずかしがるのだ。

もしかしたら突然のキスで動揺してくれるんじゃ……と思っていたのだが、効果は覿面《てきめん》だったようである。どうせ死ぬならとことんやらかして死んでやろうと投げやりになったお陰で何とかなってしまった。

全身に脂ぎった汗がじくじくと湧いてくる。成功の余韻とは程遠い不快感が全身を支配していた。

つんのめって呼吸を整えていると、女の笑い声が鼓膜を揺るがした。

「ふふっ……はは、ははは っ！　オクリー・マーキュリー！　君って面白いのね！」

視界の端でファンキロが笑っている。

何とでも言え、命が助かる以上のことなんてない。
・・・・・・・・
「本当は両想いじゃないのにあの子とキスするなんてさ」

………。

（……あ？）

今、何て……？

数十秒の間、ファンキロの言っていることが本当に分からなくて、俺はゆっくりと首を捻った。

「だからぁ……君は二つ目の質問で嘘をついてたでしょ？　好きでもない女によくもまぁキスできたなって言ってるのよ。君ってば結構演技派なのねぇ」

キュッと心臓を締め付けられる感覚が奔《はし》る。

まさかこの女――呪死の条件を満たした上で俺を泳がせて――？

「……な、ぜ……私を殺さなかったのですか……？」

震える声で問う。ファンキロは当然のように言い放った。

「君は魔法が使えなくて、ワタシ達教団の味方。殺さない理由はそれだけで充分じゃないかしら？　それに、君はセレスティアとの戦いから二度生き残ったのよ？　使える部下を殺してしまうのは無能のやること。オクリー君の呪死の判断は一つ目と三つ目の質問だけで充分だったのよ」

ファンキロは俺の嘘を見抜いた上で、殺すまでもないだろうと任意の即死効果を発動しなかったのだ。

勘違いしていた。即死効果は自動で発動するものではない。俺は完全に手のひらの上で転がされていたのか。

「それにしても君、中々にとんでもない手を使ってヨアンヌを撃退するのね。面白い……次の幹部候補になり得る大物の器だわ」

ファンキロは俺を縛り付けていた拘束を解くと、拷問道具の詰められた箱を持ってその場を後にした。

こんなセリフを残して。

「君の本心、ヨアンヌには黙っておいてあげる。けど、その代わりにワタシのお願いを優先して聞くこと。お願いを聞いてくれなかったら、ワタシぃ……ヨアンヌに嘘のことを言っちゃうかもぉ……なんてね？」

数日後、俺はモブ教徒から「幹部がスパイを捕縛した」という噂話を聞いた。恐らく、教団に虚偽の情報を流し、俺達をセレスティアの罠に嵌めた人間のことだろう。

しかし、俺は二度の任務失敗という責任から逃れられたわけではない。責任の始末をつけさせられるだろう。

こんなに大事件が連続して起こっているのに、まだ原作が始まる時期に至っていないことを思い出し、俺は絶望的な未来に溜め息を吐いた。

# 六章　ヨアンヌの過去

ヨアンヌ・サガミクスは教祖アーロスの命令を実行することに生きる喜びを感じていた。アーロスが世界の中心であり、その行く末を妨げる障害は絶対に許さない。彼の望むことが己の望むことであり、彼の喜びはそっくりそのまま己の喜びに感じられる。逆に、アーロスが悲しむことは、彼が感じる何倍も苦痛に感じてしまう。

それほどまでに教祖に心酔し感情移入していた少女は、アーロスの野望達成を人生の悲願として掲げていた。

自分の人生が、かの偉大な御方に支配されている。その事実がヨアンヌを狂乱たらしめる麻薬となって、彼女を更なる狂気に走らせていた。

しかし最近、アーロスという存在だけでは物足りぬ時がある。

あの青年と出会ってから、ローブを掛けられたあの日から、何かがおかしいのだ。

狂信者の少女は自室で悶々としながら、ふとした物思いにふけっていた。

「え？　アタシが教団の幹部に……ですか？」

『はい、あなたの能力には目を見張るものがあります。実績も申し分ない。幸い幹部の席には空きがあります。その一席をヨアンヌに任せたいのです』

「そ、そんな。アタシはただ、教祖様のことを思って必死に戦っただけで……いきなり幹部だなんて……」

『不満ですか？』

「そういうわけじゃ――」


――三年前。

とある森を舞台にして、ケネス正教とアーロス寺院教団の大規模戦闘が勃発した。

数十人同士の小規模な戦いではない。数千人、数万人の軍勢と、両陣営の幹部全員――つまり十四人の怪物が戦場に駆り出された。

戦場は幹部同士の魔法が飛び交い、血で血を洗う泥沼の争いとなった。

戦闘は数週間に及び、邪教側が撤退するまで一睡もせずに続けられた。

結果は邪教側の敗北。邪教幹部二名がこの世から消滅し、兵士のほとんどが原形を留めない肉塊と化した。対するケネス正教の被害は一般兵に限定され、幹部の被害はなかった。

アーロス寺院教団の戦力は著しく落ち込むこととなり、兵士達の士気も低下することとなった。

そんな中、教祖アーロスを喜ばせるニュースがあった。混乱を極めた彼《か》の戦場で、一般兵の立場にあったヨアンヌが正教兵士を百名討ち取ったという大活躍の噂が耳に入ったのである。元より戦闘能力に定評のあった少女の能力を確信したアーロスは、大戦の損害を埋めるべくヨアンヌを幹部に抜擢しようと考えたのだ。

「……アタシでよければ、教祖様の力になりたいです。いえ、必ず教祖様の役に立ちます。その役目、アタシに任せてください！」


ヨアンヌの記憶の始まりは、名前すら知らない街の暗部で残飯を掻き込んでいた瞬間からだった。親の顔はおろか、自分の名前も知らない。何故生まれたのかも分からない。文字はもちろん書けないし読めない。意味のある言葉を話すこともできない。

ただただ、漠然と食料を求めて生きていた。生きる意味とかそういう余計な思考を巡らせるよりも、ネズミや蟲《むし》と一緒にゴミを漁って食料にありつく方が大事だったからだ。

街の暗部で生きていた彼女は、ホームレスにも見向きされない存在だった。

五歳になる頃、表通りという明るい世界があることを知った。自分の世界が闇に溢れていたのもあってか、彼女は正反対の世界に興味を持った。歩いている人間の服が随分と綺麗だ。あの物体は食べ物なのだろうか。裏路地から眺める世界は輝いていたが、同時に言いようのない衝撃を齎《もたら》した。

——自分と同じくらいの幼子が、両親に連れられて笑っている。

両親。笑顔。食料。幸せ。何だそれは。全てがかけ離れ過ぎている。

衝撃を受けた少女は闇の世界に舞い戻った。段々と分かってくる。どうやらアレが普通で、おかしいのは自分の方らしい。

少女は初めて羨望という感情を感じた。空腹と痛みくらいしか感じなかった彼女は、他者に羨望や嫉妬を感じることで人間性を蓄積していった。

ある日、この世界に『神様』がいるらしいことを知った。人々は教会という場所で祈りを捧げ、神との意思疎通を図ったり、人生の好転を願ったり、世の中に良いことが起こるよう望んだりしているとか。

ケネス正教の唯一神は、救いを求めるならば応えてくれる。

言葉を学んだ少女は、闇の中で願い続けた。

どうか、『普通』になれますように、お腹いっぱい食べられますように、と。

しかし、神はおろか、街の人間すら恵みを与えてくれなかった。少女の声は誰にも届かなかった。

季節は巡り、厳しい冬がやってくる。いつしか祈ることをやめていた少女は、飢えを凌ぐためにゴミ溜めを漁っていた。

もう何日も食料にありつけていない。このままでは死んでしまう。

そんな風に絶望していた時、感情を抱くきっかけとなったあの幼子が家族に連れられて歩いていた。未来に何の憂いもない溌剌《はつらつ》とした表情。怒りの衝動を抑え切れなくなった少女は、暗闇から抜け出して表通りへと駆け出した。

少女は日々の観察で覚えた言語を絞り出す。だが、あまりにも拙く途切れ途切れの言葉は相手に届かなかった。

幼子は少女を真っ直ぐな瞳で見つめ返す。幼子の家族が、汚物を睨むかのような蔑んだ視線で追い払ってくる。男の杖で叩かれ、女の靴で蹴り飛ばされ、少女は再び闇へと追い払われてしまった。

暴行でつけられた痣を撫でながら、少女は激情に駆られて泣き叫んだ。

理不尽だ。アイツらは全部を持っているのに、自分は何ひとつとして持っていない。それどころか、自分をゴミクズのように睨みつけて殴ってくるんだ。

ただ、普通になりたかっただけなのに。神様も、人間も、そんなちっぽけな願いすら叶えてくれないんだ。

数日間、食料が喉を通らなかった。失意の中スラムを彷徨い、気づいた時には汚物の中で朽ち果てる寸前にまで追い込まれていた。

自分は生きてちゃダメな人間なんだ。神様って全知全能なんだろ？　慈悲深いんだろ？　だったらこんな不幸な人間を救ってくれても良いじゃないか。

世界に絶望して死を迎える寸前、少女は『神様』と出会った。

――全身に闇の霧を纏った仮面の男。それが彼女にとっての唯一神だった。

漆黒のローブを少女の身体に被せた仮面の男は、枝木のようになった身体を抱き上げる。

『案ずることはありません。共に行きましょう、名もなき少女よ』

それからの記憶は朧気だが、目覚めた少女がアーロスという男に心酔していくのは時間の問題だった。

少女はヨアンヌ・サガミクスという名前と、アーロス寺院教団という居場所を与えられた。

彼の野望のために命を燃やす日々。ヨアンヌは心の底から満足のいく生活を送っていた。光に溢れた明るい世界は少女を拒んだが、闇に包まれた世界は少女を受け入れたのである。

彼女を闇の世界に引きずり込んだのは他ならぬアーロスだが、ヨアンヌは親の代わりとなってくれた彼を恨むどころか感謝さえしていた。

汚水を啜り、地面を這う蟲やネズミと共に残飯を漁らねば生きていけなかったあの時とは違う。理由のない暴力や殺人に怯えながら、街の闇に隠れるようにして眠る日々もどこかに消えた。目標も目的もなく流浪し、亡霊のように生きてきた日常は遥か過去のもの。

アーロスのために働けるのなら、幹部としての責任を負うことになっても構わない。

ヨアンヌはアーロスの抜擢に応え、幹部としての役目を果たすべく力を得た。

幹部に抜擢されたヨアンヌは、何度も何度も敵と殺し合った。

雑兵では敵にもならない。加護によって与えられた怪力で正教徒を文字通り千切っては投げていく。拳を振り抜けば液体のように弾け飛んでいく人体。普通の人間をこうもあっさり殺せるようになったのだと分かって、段々と殺戮行為が楽しくなっていた。

だが、そんな彼女の下についた部下は、どれだけ切り刻んでも次の瞬間には復活する上位存在の少女を、同じ人間としては見てくれなかった。信者にとって、教祖アーロスや大幹部達は畏怖や崇拝の対象だったのである。

拠点内を歩こうとも、誰も少女に声をかけない。彼女の姿を見た者は、震えながら頭を垂れて道を譲るのみである。

まあ、そんなものか。ヨアンヌは特に気に留めなかったが、無意識下で名状しがたい寂寥感が日に日に大きくなっていることに気づかなかった。

そして、大幹部の一角として畏怖されるまま、数年という年月が経過した。

一週間もすれば見ない顔で埋め尽くされる部下の中に、彼がいた。

「教祖様から緊急の任務が入ってきた。ウチの諜報員を尾行して拠点の位置を突き止めようとしたバカな正教徒がいたらしい。森に逃げ込んだ標的を何としても殺せってさ」

ヨアンヌが小隊に帯同する時に設定される『マーカー役』の役目を与えられた青年は、脇腹から摘み取られた血みどろの肉片を受け取った。

その時点で彼に対する特別な印象はなかった。死んでもすぐに補填される人間の一人だろう、程度の認識である。

作戦が始まると、教団に近づいた不届き者の正体が因縁の相手セレスティア・ホットハウンドであると明らかになった。

道理で手強いわけである。幹部序列五位によって差し向けられた刺客が足止めにすらならなかったのも納得だ。

少女はいつものように戦場へと『転送』し、セレスティアをこの世から消し飛ばすべく全力で戦った。

戦闘の大勢は五分。どうやって殺してやろうか。セレスティアの殺害方法を考える中、少女の思考を中断する一本の矢が目の前を通り抜けた。

矢を放ったのは誰だ。角度から逆算された方向を見ると、先刻『マーカー役』の任を与えられた青年が必死の形相で次なる矢を装填していた。

「オマエ……」

第二の矢がセレスティアへと放たれるが、風の魔法によって呆気なく叩き落とされる。

「ヨアンヌ様、爆弾で援護します！」

青年が腰のポーチを探って爆弾を取り出そうとしている。これは驚いた。雑魚のくせに格上同士の戦いに割って入ろうとしているではないか。逃げずに一緒に戦ってくれる人間が小隊にいるとは思わなかったぞ。ヨアンヌは心が躍るのを感じた。

結果的にセレスティアは取り逃がしてしまったが、幹部連中を殺すのは簡単ではない。そんなことよりも、『マーカー役』の青年だ。中々骨のある人間を見つけたのではないだろうか。闘争心に溢れた稀有なタイプの教徒だ。

「おいオマエ。ただのマーカー役にしてはえらく肝が据わってるじゃないか」

「あ、ありがとうございます……」

青年に話しかけてみると、彼は怖気づいたように返事した。怪我を治してやるぞと言って治癒魔法をかけている途中、少女は青年の視線が身体の下の方に向けられていることに気づいた。

(そういえば、アタシ裸だったな。まあいいだろ)

欠損していた肉体が完全に元に戻ったことを不思議がっているのだろう。激しい戦闘後に身体を見つめられるのは、そういう意味でしかない。いつもそうだったから。

だが、次の瞬間——

少女は、彼が羽織っていたローブを肩に掛けられていた。

その意味に気づいた少女は僅かに動揺し、両肩に載せられたローブを手繰り寄せる。

「——っ……」

裸の自分を気遣ってくれたのだ。初めての経験だった。

幹部という上位存在になってから、少女はずっと孤独だった。思えば、一般の信者から怪物扱いされてからというもの、戦闘中に助けてくれる人はいなかった気がする。逃げずに一緒に戦ってくれた――それも守ろうとしてくれた――人間は全く存在しなかった。

しかし、この青年はどうだ。自分を守ろうとしてくれた上、女の子として扱ってくれたのである。

ぞくりとした。全身の肌が粟立ち、不思議と唇が乾く。身体の奥深くがじゅくじゅくと疼いた。無意識下で広がり続けていた心の穴が塞がり、一気に感情が溢れてきた。

初めて経験する感情の波が身体の内部から迸る。しばしの間打ちのめされた後、少女は正気を取り戻す。彼のことをもっと知りたいと思った。

「オマエ気が利くな。名前は何て言うんだ？」

「……オクリー・マーキュリーです」

控えめに答えるオクリー。少女はその名前を胸の奥深くに刻み込んだ。

――そして、現在。何度目か分からぬ記憶の旅に出かけていたヨアンヌは、頭の上から毛布を被って小さく丸まった。

これは、恋なんだ。

じたばたと脚を動かした少女は、静止と発作を一定のリズムで繰り返してしまう。

彼は早朝から教祖アーロスへの想いを叫び、教祖様の写真入れ用ペンダントに自分の身体の一部を入れてくれている。つまり、自分をアーロスと同等以上に大切な存在だと思っているということだ。都合の良すぎる現実に疑いを持つ自分もいたが、フアンキロのお墨付きも貰った。

これはもう、勝ちだ。オクリーも自分のことを好いてくれている。

そう、だから、全身を熱く支配するこの感情の名前は『恋』で——

しかも、その結末は成功が約束されているのだ。

「アタシ……これからどうなっちゃうんだろう……」

悶々とした記憶の旅は、夜が訪れる度に反芻される。

その独りよがりな主観的事実は、繰り返される度に意識せず都合の良いモノへと変貌していく。

彼女の恋心はより強く、深く、重く、燃え上がっていった。

# 七章　決意表明

原作こと『幽明の求道者』の世界観は混沌としている。

本編中で邪教徒が大暴れしていることが取り沙汰されているが、世界に潜む脅威はそれだけに留まらない。

流行病で国が滅びかけたり、それが原因で世界規模の紛争が起きたり、魔獣だのドラゴンだのが出没してえらいことになったり、大災害で街が消失したり――とにかくバッタバッタと人が死ぬ世界なのだ。

世界が混沌に覆われる度、人々は生きる苦しみや生への渇望、未知のものに対する畏怖の念を積もらせていった。逃れられぬ『死』への恐怖を和らげるため、人々は超常なる上位存在を求めた。

こうして自然発生的に宗教の原型となる考えが生まれ、多くの民族がそれぞれの宗教を持つようになり……ここで『ケネス正教』の起源となる宗教が起こった。古き世界のケネス正教は今と全く違う小規模なものだったらしいが。

古き世界で民族間の戦争が始まると、それぞれの民族は自分達の神を他の神より強く見せるため、より上に立つ神を創り出していった。長い時を経てケネス正教は一神教となり、その考えが浸透していったとされている。

一神教となって更に長い時が経ったある日、突如として巻き起こった未曽有の大災害によってとある国が一夜にして滅びた。最悪なことに、災害から逃れようとやってきた魔獣や難民によって混乱や二次被害が引き起こされ、周辺の国は多大な被害を被った。

世界の終わりの如き阿鼻叫喚を前にして、ケネス正教の人々は『神』に救いを求めた。祈って、願って、縋り続けた結果――『神』は本物となった。

災害からおよそ一〇〇日後、大陸各地で「神が力を与えたもうた」と言う七人の正教徒が現れた。彼らは夢の中で神に出会ったと異口同音し、人智を超えた『魔法』によって民を救ったという。

七人の選ばれし正教徒は人を替え代を替えながら、人々を守り続けているのだ。めでたしめでたし。

……以上の話が現代へと至るケネス正教のあらましだ。こんな感じの伝承がゲーム内資料に出てきたことを覚えている。

現在は『ゲルイド神聖国』を中心としてケネス正教徒が集結し、そのまま作品の舞台になっている。俺がいる場所もゲルイド神聖国の某所だ。

また、ケネス正教に比べるとアーロス寺院教団の起源は浅い。ケネス正教が古の時代から続く宗教なのに対して、アーロス寺院教団は商会時代から見積もっても精々数十年の歴史しかない。

　歴史の長さはそのまま神秘性や伝統性の説得力となるため、歴史の短いアーロス寺院教団はケネス正教に対抗できる器ではなかったはずだ。

　教団が一大勢力に成長したのは、やはり教祖たるアーロスの活躍による部分が大きいだろう。彼は元々ケネス正教の教えを信じる人間だったが、己の野望のために先鋭化。金儲けの繋がりだった商会を『パフォーマンス』によって魅了して乗っ取り、今やゲルイド神聖国における一大勢力となるまで成長させた。

　四半世紀の間に教団をここまで押し上げたアーロスは、教祖になる前からどこか人間離れしていた。人を惹きつけるカリスマ性が教団の規模を爆発的に拡大させたのだ。

　ちなみに、最後の一押しとして行われたパフォーマンスとは『死からの蘇生』。首吊りによる自死から復活したことが原作テキストによって示唆されている。

　だが、本当に死んでいたのかどうかは分からないし、仮に死んでいたとしてもどのように復活したのかは永遠の謎である。

　かくして『死』を乗り越えることにより、アーロスは短期間で奇跡のような求心力と神秘性を獲得した。災害や魔獣による被害の多い世相を逆手に取り、巧みな演説で人々の不安を煽ったアーロスは、大量の入信者を生み出していく。

そしてある日――ケネス正教の伝説と同じように、強大な力を得たと謳う複数の邪教徒が現れた。時を同じくして強大な魔法に目覚めたアーロスは、世界を手中に収めるべく行動を始めたのだ――

これが『幽明の求道者』の過去に当たる話で、アーロス率いる教団が過激化していく様子が詳細に描写されていたはずだ。

(アーロスが力を得られたのはいたずら好きな神のお陰だって考察もあったな。……この世界で一番力を手に入れちゃいけない人間がアーロスだ。その考察がマジだったらとんでもない邪神がいたもんだが)

毒薬や火薬を調合して、邪教徒に課されたデイリーミッションを終える。無心で作業に集中できる環境は良いものだ。辛い現実を忘れられる。

「…………」

作業が終わった俺は、日没と共に凄まじい脱力感に襲われた。忌々しい幹部達の名前が頭の中に浮かび、邪念を振り払うようにして髪の毛を掻き毟った。

ヨアンヌ・サガミクス。

ファアンキロ・レガシィ。

そして……教祖アーロス・ホークアイ。

こいつらのせいで俺の人生はめちゃくちゃだ。特にヨアンヌとファアンキロ。こいつらは言うまでもなく最低最悪の人間である。叶うのならば生まれた時からやり直したい。そして原作主人公と一緒に邪教徒を滅ぼしてやるのだ。

（まぁ、アーロス寺院教団に所属しちゃってる時点で原作主人公との共闘は難しい。こんな妄想しても虚しいだけか……）

俺の当面の目標は『生き残ること』である。ただしケネス正教だけでなく、何故かアーロス寺院教団内部からも命を狙われるようになってしまったので、俺は先日ファンキロに配置転換を申し出ていた。もうほんとに無理なんで、ヨアンヌとファンキロの居ない他支部に異動させてください、と。

もちろん却下された。「逃げられると思ってるのかしら？」と半笑いされながら。にべもない。

俺のような平が意見を押し通せる環境じゃないのは分かっていたが、ファンキロ的には弱みを握った部下を手放す気はないってことなんだろう。

そうして忌々しいファンキロの御尊顔を思い浮かべていたところ、俺の傍を通りかかった教徒の会話が耳に入った。

「おいお前、聞いたか？」

「あぁ、久々の集会だってさ」

その会話に耳を澄ませていると、明日の正午より集会が始まるらしいことが分かった。集会では長期的な予定が通達される他、俺達モブの士気向上のため賞与やお褒めの言葉を貰うことができるのだ。

だが熱心な教徒ならともかく、アーロスや他幹部から労《ねぎら》いの言葉を掛けられたところで何になるというのだろうか。時間の無駄だと思うが……。

そう思って井戸で水を飲もうとしたところ、後ろから肩を叩かれた。拠点内で俺に話しかけてくる物好きなどファンキロかヨアンヌのどちらかしかいない。

どちらにしても最悪なのは変わりないと分かっていたので、観念した俺は意を決して振り向いた。

視界に入ってくる白髪ボブと褐色肌。こちらを見つめる金の双眸。ほっそりした腰、すらりと伸びた脚、服を押し上げる豊満な胸。スタイルの良い美女――ファンキロ・レガシィがそこに立っていた。

「やあやあオクリー君。ちょっと頼まれてくれない？」

「はっ。どのような頼み事でしょうか？」

嗜虐的な笑みを浮かべるファンキロに恭しく頭を下げる。断れないことを知った上でこちらに選択肢があるかのような問いかけ方をしてくるのは悪趣味という他ない。

こいつとの会話はヨアンヌとは違う意味で心労が絶えないな。手玉に取りつつ揶揄《からか》ってくるような態度に苦手意識があるのだろうか。

「ちょっと尋問を手伝ってもらいたくてね」

「尋問、ですか」

俺の問いかけに、首を傾げていやらしくはにかむファンキロ。軽い日常会話のようなおどけた様子と会話の内容の乖離が却って非日常感を助長する。

尋問室へと移動しながら話を聞いたところ、尋問の相手は先日捕らえられたスパイとのこと。情報を引き出すために生かしておいたのだという。

「尋問というか拷問というか。力仕事はちょっとキツくてね〜」

俺はヨアンヌの気配がしないことに少しだけ安堵しながら、先日悲劇が起こりそうになった部屋へと足を踏み入れた。

暗い部屋の中央、俺が括り付けられていた椅子に見知らぬ女が項垂れるようにして座っていた。彼女は鉄扉が開く音を聞いてびくりと跳ねるように反応して、音のした方角を見るようにして顔を上げる。

よく見ると、彼女は粗い布で目隠しをされており、周囲の状況が掴めていないようだった。しかし、キャスター付きのワゴンが拷問道具を転がしてくる物騒な音を聞いてか、酷く怯えたように身を縮こまらせた。

「こんばんは、お姉さん」

「ひっ」

「昨日の続きをしたいんだけど、いいわよね？」

ファンキロが女の肩に手を置く。するすると目隠しを下にずらしたファンキロは淫靡な仕草で女の顎を撫で、彼女の耳元でくすくすと笑った。

女は遠目からでも分かるくらいに震えていて、涙袋を真っ赤に腫らして泣いている。涙の痕が痛々しかった。

ファンキロは拘束された女の右手に目をつけると、無理矢理それを前方へ引っ張り上げる。女は悲鳴を上げながら抵抗していたが、ファンキロのハイヒールが鳩尾に直撃して黙らされた。

「オクリー君には彼女の爪を剝ぐ役をしてもらうわ」

抵抗の弱くなった女の手を前に出させ、何かを見定めるような視線で俺に問うてくるファンキロ。彼女は細長い器具を彼女の右手に装着すると、器具の使い方を丁寧に説明し始めた。今までで一番活気に満ちた表情であった。

「まず細い刺股の部分を爪と表皮の間に潜り込ませて、器具で固定するの。後はこっちのタイミングでゆ～っくりレバーを押し込むだけで、いとも簡単に爪が剝がれていくって仕組みなわけ！　ね、簡単でしょ？」

「じ、自分がこれを……？」

「そう。やってみて」

涙目で首を振る女を前にして俺は怖気づく。

最初は萎縮する俺を見て嬉しそうな表情のファンキロだったが、徐々に愚図さへの苛立ちや鬱陶しさが勝ってきたようで、ファンキロは俺の行動を促した。

「あれ、やれないの？　こいつ、ワタシ達を騙した敵なのよ？」

「…………」

「ヨアンヌに嘘をバラされたいのかしら」

「……それは」

「君はもう人を殺してるでしょう。爪を剝がすくらいで躊躇してどうするの？　どうせ治癒の魔法で治してあげられるんだし、躊躇うことなんてないわよね？」

確かに俺は人を殺したことはある。でも、必要以上に苦痛を与えて殺そうなどと考えたことは一度もない。綺麗事を言っているのは百も承知だが、あくまで俺自身が生き残るために殺してきたつもりだ。

だから、この女の爪を剝がして拷問するなんてできなかった。激しく怯える正教徒の女と目が合って感情移入してしまっている。幹部連中と違って、痛みや恐怖から何とかして逃れようと藻掻《もが》く哀れな姿が自分の姿と重なっていた。

「……で、できません」

酷い頭痛を感じながら頼みを断る。

が、低く重い声が俺の心臓を凍らせた。

「は？　断るの？　ワタシの頼みを？」

真正面から金色の双眸が睨めつけてくる。『呪い』の気配が足元から忍び寄ってきて、全身が板のように硬直しすくみ上がった。

正教徒の女は縋るような視線で俺を見上げている。目尻から決壊した涙が伝っていた。

――ファンキロさえ居なければ、絆された俺は彼女を逃がしていただろう。しかし、奴は俺のすぐ隣にいる。鷹の目のような鋭い眼光で俺を試していた。

生殺与奪の権を握られていた俺は、自分の命を差し出すことができなかった。

「……や、ります。やらせてください」

「うんうんっ、やっぱり君はデキる男ね。ちゃんと覚悟ができてるもの」

ポンポンと背中を摩《さす》ってくるファンキロ。

それじゃあ行くよ、という声がして、彼女の魔法が発動する。

尋問の時間が始まった。


――結果から言うと、俺が爪剝がし機を使用することはなかった。

「あ～あ、残念。あの女、昨日からいじめ続けて心が折れちゃってたみたい。こっちが引いちゃうくらい全部吐いてくれたわね～」

ファンキロはヨアンヌのようにパワフルな戦闘ができない代わりに、こと尋問に関してはずば抜けた適性を持つ。彼女に限ったことではないが、治癒魔法の使い手であることも拷問適性に拍車をかけていた。

俺がいなかった先日の拷問は苛烈を極めたというが、先程スパイの女を見た時は無傷に近い状態だった。つまり女の身体を傷つける度に治癒魔法をかけてあげたわけだ。何と慈悲深いことだろう。

女は拷問で心を折られており、ファンキロの質問に嘘をつくことなく回答していた。どれだけ惨たらしい目に遭わされても、加減を弁えたファンキロによって拷問の傷が容易く回復されるのだ、心を破壊されても不思議ではなかった。

「それじゃ、またお願いすると思うからよろしくね～」

俺はファンキロと別れた。

その足で草むらに向かい、思いっきり吐いた。

あぁ、最低の気分だ。何故こんなにも無力なんだ？　俺自身が生き残るためとはいえ、こんな最低なことをし続けていいのか？

（ダメだ。ダメに決まってる……けど、どうすれば……）

泣き腫らした女の顔がフラッシュバックする。乾き切らない涙の痛々しさが頭から離れない。

彼女は拷問からは解放されたが、今後もっと酷い目に遭うことになるだろう。口にすらしたくない、凄惨な目に……。

(俺は中途半端だ……)

心の中にある善の感情を捨てないように努力してきたつもりだったが、それ自体を言い訳にして非道な行いを許容している自分がいる。それが堪らなく嫌だった。

(幹部のファンキロを殺すことができれば……いや、奴を殺したとて組織の方針は変わらない。親玉のアーロスを何とかしないことには、現状を引きずっていくだけになる)

俺が『幽明の求道者』を楽しんでプレイできたのは、結局のところ正史ルートが勧善懲悪の結末を迎えたからだ。あくまで創作的な楽しみとして、邪教徒の生き様や狂いっぷりを楽しんでいただけ。

だが、今生きている世界に最善の選択肢を選ぶ『プレイヤー』はいない。世界を俯瞰して見渡せる上位者はいないのだ。

故に、ケネス正教が完全勝利するかは時の運となってしまう。

——俺が変えなければならない。

元プレイヤーだった俺が、この手で。

(内部から邪教をぶっ壊すしかねぇ……)

俺は首元のペンダントを見下ろす。ヨアンヌは俺のことを好いてくれている。ヨアンヌが俺以上に教祖のことを好いているのも事実だが、何かのきっかけで彼女が本当の仲間になったとしたら、あれほど心強い味方はいないだろう。

何せ、肉体組織が一欠片でも残っていれば何度でも復活できる化け物だ。馬鹿げた怪力や投擲能力と合わせれば、一人で戦争を起こすことも不可能じゃない。

と、考えるだけ考えてみて、俺の想像がいかにもプレイヤー然としていることに気づく。俺には原作主人公のような狂気じみた精神力も戦闘力もない。

取らぬ狸の皮算用というやつだ。妄想だけならどれだけでも勇ましく膨らんでいく。中身の伴わない風船のように。

結局、霧散。意気込みだけは勇ましく、現状は何も変わらない。もどかしい気持ちを抱えながら、俺は翌日の正午の集会に出席した。

不衛生による噎せ返るような悪臭の中、仮面の男が聴衆の目前に躍り出る。相も変わらず奇妙な風貌だが、誰も指摘しないしできないのでアーロスは仮面を被り続けている。

『我々アーロス寺院教団に躍進の時が来ました』

相変わらず仰々しいアーロスの言葉で始まった集会は、思わぬ方向へと転がっていくことになった。

『私の生まれ故郷である〝メタシム地方〟を取り戻す戦いの準備が整いました』

――メタシム地方。その言葉を聞いて、俺は目が覚めるような感覚を覚えた。

（主人公の故郷があった土地と同じ名前……）

原作主人公の故郷『メタシム』はアーロス寺院教団の襲撃によって滅ぼされた。これは物語が動き出す前日譚の出来事であり、『幽明の求道者』を語る上で外せない、主人公が復讐を誓う動機となっている。

これからメタシムの戦いが起こるのだとしたら、俺達は必ず主人公と鉢合わせることになるだろう。

そこで俺が何かしらのアクションを起こせたなら、或いは——

（……世界を救えるかもしれない）

俺は生唾を呑み下して、アーロスの演説に聞き入った。

『生まれ故郷とは誰にとっても心の拠り所。代替の利かない唯一無二の場所です。そして、かの地は我らアーロス寺院教団教徒の帰るべき故郷と言えるでしょう。そんな〝聖地〟が、敵であるケネス正教に支配されたままでいいのでしょうか？　——私《わたくし》は今一度皆さんに問いたい。あの者共に好き勝手され続けて、このままでいいのか……と』

悪意と狂気に満ちた煽動の声に当てられ、邪教徒共の瞳に熱気が宿る。しんと静まり返っていても、赤熱した空気が膨張していくのが分かった。

彼らは本当の生まれ故郷を知らない。完全に忘却させられている。洗脳によって彼の言葉を信じるように作られている。誰も教祖アーロスの言葉を疑わない。

「教祖様、オレはそんなの絶対に嫌です！　ケネス正教をぶっ潰したいっ！」

アーロスの問いに、まず狂信者が答えを返す。

「俺もだ……好き勝手する奴らが許せない……！」

「そうだ！　我らの行く手を阻む人間は殺せ!!」

口火を切った男に続いてぽつりぽつりと同調する声が湧き上がり、やがてケネス正教への反感は大きな渦となっていく。殺せ、の声が一体となって、あちこちから拳が突き上げられる。

底知れない怒気と敵意を孕んだ声は邪教徒の大合唱となり、事はアーロスの思惑通りに進んでいった。

大合唱の最中、アーロスが制止のために手を掲げる。

『ありがとう、皆さんの想いが私と同じであるとよく分かりました』

一瞬のうちに場が静まり返り、彼らは教祖の言葉を刻みつけるべく耳を傾けた。

『断言しましょう。ケネス正教は世界の敵です。彼らに世界は救えない。我らこそ真に正しい選ばれし人間――この国を治めるべきはケネス正教ではなく我らなのです！』

アーロスが声高らかに宣言する。

『――恐れることはありません。――故郷を、〝聖地〟を、今こそケネス正教の手から取り戻しましょう！』

教祖アーロスの演説が終了し、地響きのような歓声と狂乱に包まれる大広間。誰もが熱狂に身を任せる中、俺は密かに決意を固め、そこに居るはずの『主人公』と命懸けのコンタクトを取ることにした。

# 八章　ヤンデレの女の子に死ぬほど愛されて眠れないED

集会が終わって数日が経過した。作戦準備で慌ただしい拠点内を歩きながら、俺は今後の立ち回りについて様々な考察を進めていた。

アーロス寺院教団幹部の行動理念は『教祖の言動に従うこと』なので、それ以外の人間的な部分が著しく欠如している。

ひょっとすると、ヨアンヌの俺に対する偏愛を利用することで、フアンキロとヨアンヌの仲を引き裂けるかもしれない。もっと言えば、ヨアンヌにフアンキロを殺させるよう仕向けることも可能かもしれなかった。

そんな一縷の希望を抱いた俺は、思考を高速回転させていく。

原作中の主人公闇堕ちルートから見るに、教祖を除く幹部同士の仲は良くも悪くもない。実際に教団の中で生活している実感的にも、彼女達の関係性は協力者的な意味合いに留まっている印象だ。ここは正教幹部の関係性と比べて明確に違うだろう。

外伝作品だったら、ケネス正教とアーロス寺院教団の幹部が主人公と一緒に学園に通ってスクールライフを満喫してるんだけど——それはともかく。

メタシム奪還への準備が急ピッチで進められる中、俺は早速行動に移した。

ヨアンヌの俺への気持ちを確かめると同時に、ファンキロへの矢印の大きさを探ってやろう。怪しまれない程度に「俺とファンキロどちらが大切か」の答えを引き出して、実現可能な内部分裂の種を探し出すのだ。

丁度いいタイミングでペンダント内の薬指が腐って悪臭を放ち始めたので、そろそろヨアンヌが来る頃だろうと屋外をぶらついてみる。部位にもよるが、マーカーは数日おきに取り替えないと腐ってしまうようだ。

「あ、いたいた！　オクリー！」

ほら来た。デートの待ち合わせに五分遅刻しちゃった～みたいな小走りで。

ヨアンヌは相変わらず俺があげたローブを羽織っている。元々俺の持ち物だったためか、華奢で小柄な彼女に対してややオーバーサイズだ。漆黒の外套の一部は地面を引きずりそうなほど長く垂れ下がり、萌え袖のように袖口を振り回す格好になっている。

俺は頭を垂れながら少女の出方を窺った。

「お待ちしておりました。そろそろマーカー交換のタイミングだと思いまして、心構えをしていましたよ」

「気が利くね。じゃ、アタシの部屋まで来て」

何故あなたの部屋に？　と突っ込みを入れかけたが、さすがに屋外でマーカーの交換を行うのはまずいのだろう。いくら邪教徒の拠点といえども、一応の風紀は守られているからな。

足取り軽やかな少女の後を追っていくと、山の中腹に聳え立つ古城に招かれた。その中にヨアンヌの部屋があった。そもそもこの古城は一般邪教徒が入ることのできない幹部専用の住居である。

初めて彼女の部屋に入ってみたところ、殺風景ながらもごく一般的な範疇と言えるような内装をしていた。てっきりグロテスクでサイケデリックな装飾があるかと思っていたので拍子抜けである。

彼女のルートの大半は地下牢の中で過ごすことになるので、この部屋は個別ルートに入っても拝めないのだが……色んな意味で緊張してしまう。

「これがヨアンヌ様のお部屋……」

部屋の持ち主がヨアンヌとはいえ、異性の部屋に上がり込むのは度胸が必要だった。内装が突飛だった方が余程緊張しなかっただろうに、本当に普通の部屋だから反応に困る。

「何で立ち止まるの？　遠慮せず入りなって」

「……はっ」

俺はヨアンヌに背中を押されて部屋の中に足を踏み入れた。

――ガチャリ。

（……鍵を掛けられた？）

ドアノブを後目《しりめ》に見ると、そこにはドアラッチと捻るタイプの鍵が設置されていた。二重の鍵だ。誘い込まれたのかもしれない。

ヨアンヌは動揺を隠す俺を追い越して部屋の中央へと歩いていく。死角を縫ってドアラッチに手をかけようとしたが、裾を摘まれて部屋の奥に引きずり込まれた。

そのまま足を引っ掛けられ、豪奢なベッドの上に転がされる。

「なぁ。恋人同士が部屋の中で二人きりって状況――オマエならどうする？」

「すみません……よく分かりません」

いつの間に俺達は恋人になったのか。俺はファンキロのプレッシャーで両想いだと言わされただけ。ヨアンヌは思い込みが激しすぎる。

「ヨアンヌ様と私程度の人間では釣り合いが取れていませんよ」

「なら釣り合うよう努力しろ。それくらいはできるだろ？」

ベッドに仰向けになった俺の上に、すらりと伸びた四肢の檻を下ろすヨアンヌ。ハイエナが獲物を喰らう姿勢のようになって、青いメッシュの入ったウルフカットがカーテンのように俺の視界を狭めていく。

視界が極限まで限定されると、視野いっぱいに少女のぎらついた双眸だけが映った。夜闇に浮かぶ鷹の眼のように、異質な雰囲気を纏った螺旋状の瞳だ。小さな息遣いに混じって僅かに水の滴るような音がしたかと思うと、ヨアンヌが赤い舌で己の唇を濡らしているのが分かった。

捕食する前の無意味な観察。そんな言葉が脳内に思い浮かんだ。

この女は危険なまでに興奮している。血を求める肉食動物のように、彼女の一挙一動から恐ろしいほどの熱が伝わっていた。

前世であれば、異性からの好意など自意識過剰な勘違いでしかなかった。それが今、どうしてこんなにも真っ直ぐな想いを受け止めなければならないのだろう。

俺を追い詰めたヨアンヌは、薬指の欠けた左手を胸に這わせてくる。俺は身を捩るようにして反応した。

「ここが弱いのか？」

そりゃ心臓は人間の弱点に違いない。長い指の先で心臓の真上の地点をぐりぐりと刺激されて、思わず漏れかかった呻き声を噛み殺した。普通にペンダントの中身を交換するだけだと思ってたのにガッツリいかれてるのは何でだ。

しばらくして指先の動きが止まると、ヨアンヌは抵抗しない俺に満足したようにもたれ掛かってきた。側頭部が胸に押し付けられ、心臓の音をじっくりと聞かれる形になる。

「オクリーの心臓、ドキドキしてる」

「……当たり前ですよ」

俺の心臓は早鐘を打っていた。もちろん恐怖によってだ。目の前に彼女の顔が近づいてきた時はドキッとしたが、邪な考えが浮かんだのはほんの一瞬。予想外のことが起きすぎて、正直心がついていけなかった。

ヨアンヌから俺への矢印の大きさは分かった。では彼女からファンキロへと向かう矢印の大きさはどうだろう。早速切り出してみる。

「ヨアンヌ様はファンキロ様のことを好いておりますか？」

「……何で今ファンキロの名前を出した？」

「必要なことなので」

「……仲間だよ、普通に」

逢引きの最中に他の女の名前を出すなんて信じられないという視線で見上げてくるヨアンヌは、不機嫌そうに声色を低くしてゴロゴロと唸った。

なるほど、ファンキロとの仲は普通なのか。仕事仲間のようなものだろう。ナルシストみたいな言い草になるが、この子はファンキロより俺の方が好きっぽいな。

続けて「アーロスと俺どっちが好きぃ？」と聞いてみようと思ったが、ご機嫌ナナメになってしまったヨアンヌの手前、流石にそこまでは踏み出せなかった。

「そ、そろそろマーカーを交換しましょうか」

「マーカーを交換したら帰るのか？」

「ええ、そうなりますね」

「……そうか」

残念ながら俺はヨアンヌと褥《しとね》を共にする気はない。

本気で拒絶できないのは、この女の底が分からなくて恐ろしいからだ。彼女の好意があまりにも真っ直ぐすぎて絆されてきたとか、熱っぽい吐息に当てられて妙な気分になってきたとか、一切恥じらうことなく視線を合わせてくるから勘違いしてしまいそうとか、そういうのじゃない。……多分。

残念そうな様子のヨアンヌに組み敷かれながら、俺は箱型のペンダントを開いて中身を差し出した。

ヨアンヌは欠けた左手の薬指部分を治癒魔法で再生させる。ヨアンヌの薬指が世界に二つ存在することは有り得ないため、ペンダント内の薬指は黒色に変化しながら萎んで風化していった。

テーブルの上にあったナイフで躊躇いなく薬指を切り落とすヨアンヌ。切断した傷口から血が溢れ、俺の頰に飛び散る。

人間の本能として痛みを回避しようとする思考回路が備わっているはずだが、ヨアンヌには精神的ブレーキが存在しないらしい。そして本来なら想像を絶する激痛だろうに、少女は眉ひとつ動かさなかった。

再び彼女の薬指がペンダントの中に収まり、箱の中身が血と肉で満たされていく。ヨアンヌは悦びに顔を歪めながら傷口に治癒魔法を当て、一定のリズムで断面から噴出する血を止めた。

「痛かったですか？」

「まぁ、少しな」

何だ、やっぱり痛むんじゃないか。俺はヨアンヌの欠損した薬指を見下ろし、少女を労るように小さな左手を包み込んだ。ふとした時に見せる人間らしい仕草や表情が、何故か俺を動かしていた。少女は俺の手を優しく握り返してくれた。

どうして傷つく痛みを知っているのに、俺の四肢を奪おうとするのだろう。

そういう性癖だからと言われたら押し黙るしかないのだが、俺の手足が無くなれば少なくともローブを掛けることはできなくなる。そうなってもいいのだろうか。

「ヨアンヌ様」

「うん？」

「私の手足は邪魔ですか？」

「そうだな。邪魔だと思う」

「……何故ですか？　腕が無ければ私は二度とローブを掛けることができません」

そう言うと、俺の腰の上に座るヨアンヌは目を見開いた。

「足が無ければ、ヨアンヌ様の隣に立つこともできません」

「確かにな」

そこまで分かっているなら、どうして？

視線で訴えかけると、彼女はボソリと呟いた。

「……そっちのオクリーの方が好きだから……かな」

本心を曝け出そうとした故の恥じらいなのか、少女はくしゃっとはにかむ。

ぞわり――俺は気の遠くなるような戦慄を覚えた。お前はたったそれだけの理由のために人の手足を奪えるのか。

ほんの遊びで虫の足を千切る幼子のような残虐性と、その行為に疑問を抱かない客観性の無さ。矛盾を指摘して矯正を促しても、己を改めることが根本的にできないのだ。そういう人間として完成してしまっているから。

「ローブを掛けてくれたオクリーが好き。アタシを助けようと戦ってくれたオクリーが好き。でも、アタシの助け無しに生きられないオクリーはもっと好きなんだ」

……俺はこいつと決定的に分かり合えない。今はっきりと分かった。希望を持とうとしたことすらバカバカしく感じる。

同じ言語を喋っていても、話が通じない。そういう生き物として完成しているから、何を言っても彼女の生き方は変えられない。

「好きな人を自分色に染めたいと思うのは、そんなにおかしいことなのか……？」

彼女の螺旋状の瞳が揺らがないのを見て、俺は説得行為を一切放棄した。

全身から脱力して大きく息を吐く。根本的に何かが違っている。真面目に考えるだけ無駄だと思った。

「オクリー、今日はここに泊まっていけよ」

唐突な言葉。返答に窮する。

「しかし……」

「大丈夫、何もしないから」

「……何もしないと言うのなら、分かりました」

俺の弱々しい返答にだらしなく口を歪めるヨアンヌ。少女は俺の首元のペンダントを持ち上げると、恭しく口付けをしてきた。

「おやすみオクリー」

「おやすみなさいませ、ヨアンヌ様」

部屋の灯りを消したヨアンヌは俺の胸元に勢い良く額を預けてくる。硬い頭蓋の感覚が胸の上で蠢く。そのままベストポジションを探るように顔の位置を動かした後、俺の胸に埋まるようにして寝息を立て始めた。

（……本当に何もしないのか。こちらとしては助かるんだが、そういう気分じゃなかったのかな？　それとも疲れてたとか？　どっちにしても、よく分からない女だ……）

背中に手を回された瞬間は肝が冷えたものだが、単純に俺を逃がさないように抱擁したかったのだろう。俺は万力のような力で抱き留められていた。

「寝てる間は本当に可愛いんだけどな……」

この女は相当美人な部類だ。もちろん性格の分を差し引いて大幅なマイナス評価なのだが、見てくれが良いだけに彼女が寝ている間はその美貌に見惚れてしまいそうになる。

劣悪な環境で育ってきた割にはスタイルも良い。呼吸する度に上下している柔な双丘に意識が集中してしまう。しかもその胸が身体にしかと押し付けられているのだから、下手に動けばヨアンヌのスイッチを押してしまうのではないかと冷や汗ものである。

「…………」

仰向けになった身体の上で眠る少女をじっと見つめていると、起床時と打って変わって年相応のあどけない表情が目に入ってきた。

「んぅ……オクリー……」

そして、絶妙なタイミングで飛び出す寝言。普段の彼女からすると考えられないくらい甘ったるい声だった。後ろに回された両腕にきゅっと力が加わり、俺の身体を締め付ける力がいっそう強くなる。

ヨアンヌの身体に触れている部分が激しく緊張した。ドクンという音を立てて心臓が高鳴り、全身に血流が巡ってぞわぞわとした鳥肌が立つ。目の奥から全身へと血流が走り抜け、無意識に己の手が少女の身体に向かう。そこで手が止まった。

(……ま、待て！　性欲に負けるな俺。ヨアンヌに夜這いするなんてとんでもない自殺行為だぞ。それに、一瞬の快楽に流されて後悔する人間が世界にどれだけいるか……冷静になれば分かるだろ。この場合、後悔してもし切れないだろうし……）

利那の快楽を求めるあまり、その後の人生の歯車が狂ってしまった例は枚挙にいとまがない。特に今回の相手に至っては、原作主人公を介して彼女の沼から抜け出せなくなった人間の末路を熟知してしまっている。

原作で彼女の残虐性を目の当たりにしていたのが功を奏したか、かなりムラっと来たが何とか堪えることができた。ここで性欲に負けたら本当に終わっていた。

ただ、歯止めをかけても興奮が完全に収まったわけではない。俺は強烈な息苦しさと熱を感じながらゆっくりと目を閉じた。

今夜は眠れないかもしれない。

# 九章　せーの、アーロス寺院教団サイコー！

時は遡って、オクリーがファンキロの尋問を手伝わされる少し前のこと。

大変に敬虔なアーロス寺院教団教徒として、とある青年が幹部の間で有名になりつつあった。

「アーロス様サイコーーーー!!!」

この絶叫は、ある一般教徒が教祖アーロスへの愛と尊敬を抑えられなくなり、皆が起きる前の早朝を選んで劇的な衝動を発散する時の鳴き声である。

その声は幹部達の耳に入るほど大きく響き渡り、早朝から気分を高揚させてくれる目覚ましの声として高評価を得ていた。

『おや、また誰かが私の名前を叫んでいますね』

「オクリー・マーキュリーですね。ワタシも最近目をつけています」

『ファンキロが目をつけているのですか？　部下に全く興味なしだったあなたが……？』

「ええ、一応は」

『素晴らしい。彼のような有望な若者がいれば教団も安泰でしょう』

古城の窓を通じてオクリーの愛の告白を受け取ったアーロスは、仮面の上からでも分かるほど声色を明るくさせた。何度も噛み締めるようにうんうんと頷き、クラシカルな帽子を被り直す。

教祖と長い時を過ごしてきたファンキロは、彼がオクリーの行為を嬉しく思い、少し照れていることまで推察できた。

『……それにしても、オクリー君ですか。以前にもその名前を聞いたことがありますよ。例の生き残った子ですよね？』

「はい。ワタシ達幹部を含めなければ、ケネス正教の幹部と直接戦って生き残った教徒は彼だけです。……加えて、爆薬や毒薬などの調合知識にも優れています。目立った成果はありませんが、全ての任務をそつなくこなしてきました。最低限の力はあるでしょうね」

『私は本当に部下に恵まれていますねぇ』

アーロスはしみじみと感じ入るように絞り出す。

声色は涙の色を呈しており、仮面の下で深い感動とやる気に満ち満ちていた。

ファンキロはそんな涙脆い教祖の背中に手を添え、彼の隣に立って豆粒程の大きさのオクリーを見下ろした。

『オクリー・マーキュリー。その名前、完璧に覚えましたよ』

オクリーへの認知が及んでいるのは、教祖アーロス、ファンキロ、ヨアンヌだけに留まらない。他の幹部にもその名前が伝わり始めている。序列五位のポーク・テッドロータスからも存在を認知されている程だ。

『彼は我々に対して誠実であり、布教への意欲にも優れているようです。しかも敵幹部との戦いに生き残る実力と豪運の持ち主でもある、と。他の皆さんとは一線を画する器の持ち主でしょうね』

「そうですかね？　案外小物かもしれませんよ」

『ははっ、やはりファンキロは厳しいですね』

ファンキロはアーロスの注目を集めるオクリーに嫉妬と羨望の入り混じった感情を抱いていた。

アーロスが自分のことを大切に思ってくれているのは理解している。しかし、オクリーという新たな注目株が台頭することによって、自分の立ち位置が隅へ追いやられてしまうのではないか、という漠然とした不安を払拭できなかったのだ。

八つ当たりや当てつけに近い感情だと己の感情を自制しようとする気持ちもあったが、ファンキロにとってアーロスは神同然の信仰対象。彼の注目を攫っていくオクリーに対しては、どうしても後ろめたい感情が湧いてしまっていた。

また、彼は部下の成長や台頭に対して分け隔てなく褒め称える傾向にあるのだが、ことオクリーへの反応は特別だった。それも追い風となり、彼女の胸中をより複雑にさせていた。

『〝可愛い子には旅をさせよ〟。オクリー君には沢山の試練を乗り越えて成長してもらわなければなりません。我々の役目は、未来ある教徒を陰から支え、時には厳しく接し、教団の層を厚くすることです。彼のような人間を腐らせてはなりませんよ』
ファンキロは教祖の言葉に頷く。
アーロスの中で大きくなり始めたオクリーの話を聞いて、ファンキロは心の中でほんの少しだけ感情が揺れ動くのを感じた。

アーロスと別れた後、ファンキロは自室のベッドに寝転がる。

（教団の方針として、教団の人間はアーロス様を第一に考える精神構造へと作り変えられることになっている。そして、オクリーを含めた多くの者には『無個性』になる洗脳が施されていたはずだけど……彼のあの異常行動は洗脳で起こったイレギュラーと捉えて良いのかしら？）

命令に背かず突飛な行動もしない、無個性で無機質な兵隊を育てていたはずなのだが……オクリーは有象無象の集団の中で妙な存在感を放っている。

幹部間でオクリーが話題になり始めたのは割と最近のことである。ただ、ファンキロが彼の異常行動を認めたのはもっと前だ。

（そう……アレは滝のような大雨が長く続いていた夜のことだったわ……）

ファンキロは数か月前のとある夜を回想する。

大雨の中、何かを絶叫しながら激走する男がいた。

「あああああああ!!　アーロス様はサイコオオオオオ!!」

——何なんだアレは。

気持ち悪いから、他幹部への確認なしに粛清するべきだろうか。そんな思案を巡らせているうちに、男は夜闇の中を嵐の如く駆け抜けて消えていった。

大雨の音が全てを掻き消してくれるだろうというオクリーの予想は見事に外れ、彼のストレス発散はファンキロの記憶に深々と刻み込まれることになったわけである。

そして今日、件《くだん》の青年がいよいよアーロスに完璧に認知されてしまった。

ファンキロは思う。雑魚の下手な媚びならアーロスの心に全く響かなかったはずだが、変に実力が伴っているせいで、オクリーの様々な行動がアーロスの琴線に触れているのではないか、と。

(あんなにご機嫌なアーロス様、久しぶりに見たわ。あの男のことは気に入らないけど、ワタシもアーロス様に喜ばれるようにもっと実績を積み重ねないと……)

ファンキロは正教幹部と戦った経験がない。それに対して、オクリーは二度対峙した上で死ぬことなく生還している。

自分がやっていることと言えば、拠点の維持管理や拷問、粛清といった代用の利く役割ばかりだ。こんな調子では、近い将来二人の評価が逆転しないとも限らない。

ファンキロは自己評価があまり高くなかった。ただし、ファンキロの業務には彼女にしか成しえないことが多々含まれており、アーロスはそんなファンキロの能力を見込んで幹部の一角を託しているのだが……ファンキロは教祖への忠誠心が高すぎるあまり、崇拝する彼がこんな愚かな自分をそこまで認めているはずがない、と考えていた。

オクリーに嫉妬や羨望の入り混じった複雑な感情を抱きながら、ファンキロは頭の上から毛布を被った。

――そんなファンキロが将来性に溢れたオクリーの弱みを握り、歓喜と嗜虐心に満たされることになるのは、彼女すら予想できない事象であった。

# 十章　被害者の会

次の日の朝。俺は茹《う》だるような熱と湿気に促されて目を覚ました。

目覚めた直後は何が起こっているのかも分からず伸びをするが、次第に己を取り巻く状況を思い出してきて背筋が凍る。

いつもの癖で目元を揉んでいて、指が存在することに安堵した。足もまだ生えている。驚いた、俺は無傷であの夜を生き延びたらしい。

しっとりとした熱の正体は、寝相によって服をはだけさせたヨアンヌから感じる体温だった。俺の身体を締め付けるようにしかと抱擁している。

しばしの動揺。嬉しさ半分、絶望半分。後者は『まだ殺してくれないのか』『やるなら早くやってくれ』という諦めの感情から来たものだった。

俺は利き手を開閉した後、朝起きて元気になっている息子に意識を移す。

これはおふざけじゃなくてガチな話なのだが、朝勃ちできるうちは精神的にも肉体的にも余裕があるんだと思う。限界を迎えた人間からは性欲が一切消え失せるというし、生理現象が起きなくなってからが地獄の本番である。

元気な息子に当てられる少女の柔らかな太ももの感触に身悶えしつつ、渾身の力で彼女の抱擁から逃れた。

「……ふぅ」

彼女が眠りに落ちていなければ、この拘束からも逃れられなかっただろう。

しかし、久々にまともなベッドで寝たおかげだろうか、相当質の良い睡眠だったらしい。バキバキだった腰や肩が軽い。眠気もないし、思考回路が冴え渡っている。

図らずもヨアンヌのお陰で安眠できたというわけか。その点だけは感謝しておこう。

「失礼します」

俺はすやすやと寝息を立てる少女に小さく言い残して、部屋に掛けられた二重の鍵をそっと外した。そのまま音を立てないようにドアノブを捻って退室しようとしたところ、妙な突っかかりによってドアが開かなかった。

（……三重の鍵だったのかよ）

ぞっとしつつ、死角にあった捻りを回して外に出た。

古城の構造を完全に理解していた俺は、誰にも見つからないように足音を潜めて出口を目指す。早朝にヨアンヌの部屋から出てくる男を見た、なんて噂が立ったら厄介極まりないからな。

冷たい空気の吹き抜ける空虚な古城を歩き回り、気配を消しながら耳を澄ませる。

曲がり角の向こうに誰かがいる。俺は微かな足音を聞き逃さなかった。

「…………」

回廊の壁に手をつきながら、顔を半分だけ覗かせて様子を窺う。俺より一回り大きな男が窓辺で突っ立って外の景色を見下ろしていた。

――アーロス・ホークアイ。我ら教団が誇る首魁である。

日も昇り切らない早朝だというのに、相も変わらずバツ印の珍妙な仮面を着けて素顔を隠している。彼の素顔を見た者は誰もいないらしい。漆黒の装束を身に纏ったアーロスは、古城に差し込み始めた朝日に照らされてどこか神々しく見えた。

あの男はこんな朝っぱらから何をしているのだ。

(まさか俺の動きを察知して古城内をうろついて……？　いや、俺の動きを完璧に把握しているのなら直接ヨアンヌの部屋を訪れるはず。じゃあ何でそこに突っ立ってるんだよって話だけど……)

アーロスは城下の拠点を眺めながら全く動こうとしない。その表情は分からないが、どうやら眼下に広がる景色の中から何かを見つけ出そうとしているように思われた。

その予想は恐らく的中していて、アーロスはしばらく首を振った後、酷く残念そうに溜め息を吐いた。

『……今日は・・・・・あの元気な鶏が鳴いていないようですね……』

「……？」

鶏？　何のことやら理解が及ばないで固まっていたところ、ややしょぼくれたように見えるアーロスの周囲に闇の靄のようなモノが立ち込め始めた。漆黒の霧が渦巻くようにして教祖の姿を掻き消すと、そのまま風に乗って霧散する。

アーロスの姿は闇と共に一瞬で消えてしまった。彼の能力である瞬間移動を発動させたのだろう。その行く手は目で追うことすらできない。

鶏が鳴いていなかったお陰で退路が生まれたので、謎の鶏さんに感謝しつつありがたく出口に向かわせてもらうことにした。

それからは運良く他の幹部に見つからなかったため、俺はほっとしながら玄関の大扉に手をかける。

――ガコン、と大きな音が響いた。

あっと声を上げそうになる。早朝にこの音はかなり響く。何せ古城の内部は音がよく通る設計になっていたはずだから――

そんな思考が脳内を駆け巡ると同時、俺の背中に凛々しい女声が突き刺さった。

「その後ろ姿……ひょっとしてオクリー君？　こんな所で奇遇ね」

「はっ、如何様《いかよう》な御用でしょうか」

ファンキロだ。ひょっとしたら今一番会いたくなかった人間かもしれない。俺は即座に振り返って膝を折る。彼女は俺から一メートル程の所で立ち止まると、不思議そうに鼻を鳴らした。

「ん？　君、ヨアンヌの匂いがするよ。こんな早朝に古城内をうろついてるのを見るに、あの子の部屋で寝泊まりしていたのかしら？」

「はい。ヨアンヌ様にご命令をいただきましたので」

「……ふふっ。今の君ってやっぱり矛盾してるよ。いつか足を踏み外さないように精々頑張ってね」

　矛盾を抱えているのは自分でも分かっている。ファンキロは俺の頭をぽんぽんと叩くと、くすくすという嘲笑を残して去っていった。

　俺はぐっと苛立ちを抑えて拳を握り、感情を噛み殺す。

　幹部に反抗的な態度を取れば容赦なく再教育という名の洗脳が待っている。なるべく自我を持っていないかのように振る舞わなければ……。

　彼女が去った後、俺は古城を脱出して山の麓にある洞窟の中に入った。坑道のように整備された道の先に武器庫がある。来たるメタシムの戦いでの生存率を少しでも上げるため、装備を手入れしに来たわけだ。

　武器庫に積まれた装備の中からお目当ての物を見繕う。正教兵から奪ってきた鎖帷子を服の下に仕込んで、少しでも肌を傷つけられる確率を下げる。鉄の剣はしっかり研いで、クロスボウにも不調が出ていないかチェックする。

　文字通り命を預ける道具達だ、何回確かめても安心はできない。ほんの僅かな確率でも生存率を上げられればそれでいいのだ。

　そうして装備をチェックする傍ら、武器庫に来客があった。またどこぞの幹部かと思って身構えたものの、俺と同じようなローブを羽織った没個性的な一般邪教徒だった。

「…………」

「…………」

　俺は作業を止め、丸椅子から立ち上がる。クロスボウや革製プレートの置かれた棚を隔てて一般邪教徒と向かい合う。

　誰も起きていない早朝の武器庫だ、互いに「こいつちょっと怪しいぞ」と思っているのだろう。疑心暗鬼に陥ると思考回路に毒が回り、真実に靄がかかる。何故か俺達は一定の距離を保ったまま、じりじりとした膠着状態に陥ってしまう。

「……おはようございます」

「おはようございます」

　来客は俺と同い歳くらいの青年である。俺が先に問いかけると、青年は細々とした声で返答してきた。

「どのような用件でこちらに？」

「あなたこそ何をされていたのですか？」

「私はメタシムの戦いに向けての準備ですよ」

「なるほど」

「そちらは？」

「僕も同じです。早めに防具を確保しておきたいと思いまして」

「そうですか……」

青年はプレートを手に取ると、中指の第二関節で軽く叩いて強度を確かめる。俺を視界から外し、そのままクロスボウやナイフを見始めたので、俺も元の作業に戻った。

……警戒しすぎていたようだ。教団拠点に居ても気が休まらないのが日常茶飯事だから、ただの教徒にもビビってしまったのか。

互いの存在を気に留めることもなく、俺達は作業を進める。

俺は普段から雑談というものをしない。何気ない会話の中で前世の知識が飛び出してボロが出るのも怖いし、有象無象たるモブの中でも目立ちたくないという理由があった。

まあ、これまでなら黙り続けることで『その他大多数』の一般教徒として生活できていたんだが、最近はその他大多数と思い込める状況にない。

幹部と一夜を共にできる一般教徒がどこに居るという話だ。少なくともちょっと……いやかなり目立ち始めているのが現状である。元々俺は孤独を好む人間だったし、誰からも認知されない程度の存在感でいいんだがな。

（……武器庫で武器防具の整備をするくらい生に執着してるのは、俺とこの男だけか。むしろ、教団の中にも生存率を上げたいって考え方の人間がいるんだな。みんな追い込まれてるから、そこまで気の回る教徒は俺以外いないと思っていたが）

俺は先程の青年の姿を盗み見ながら、山の中で採ってきた薬草を付近のテーブルで調合し始める。

クロスボウの矢に塗る毒薬の他にも、応急処置用の回復薬や爆薬などは作っておいて損はない。使える薬草などの調合知識は原作知識の流用だ。

青年の様子を見ると、俺とは違った薬を調合しているようだった。何を作っているのか気になって様子を見ていると、彼も俺の手元を見返してきた。

「…………」

「…………」

鏡を見ているかのような感覚。その滑稽な光景が武器庫に流れる緊張を解したのか、俺達は目を見合せてついつい噴き出してしまった。

「気が合いますね、僕達」

「珍しいことがあるものです」

余所余所しい雰囲気から一転して、俺達はすっかり意気投合する。

青年から伝わってくる生き残ることへの情熱、豊富な知識、俺以上に人と壁を作るような雰囲気……全ての要素が言語化できない信頼感を生んでいた。

つまるところ、『同類』の匂い。

彼の仕草は隠し切れないほど俺と同じ匂いを醸していた。

「オクリーさんはどのような経緯でこの教団に？」

「さぁ。気づいた時にはもうここに居ましたよ」

「はは、僕と同じだ。あなたも自分から教団に加わったわけではないんですね」

軽い自己紹介をして分かったことだが、彼の名はスティーブと言うらしい。俺と同じく幼子の頃に誘拐され、血反吐を吐きながら何とか生きてきたとか。

和やかな会話の中で、教団への違和感や微かな疑問を水面下で共有していく。教団の方針や目的に疑問を持っています、などと直接的な言葉を曝け出せるわけではないから、いちいちフォローを入れつつ、あくまで遠回しかつ暗喩的に表現するだけだが——

どうやら、スティーブは人殺しを厭わない教団の行動に違和感を持っているらしい。

アーロスのことは尊敬に値する組織のリーダーとして見ているが、その行動に容認し難い部分がある——これだけの求心力があるのは本当に素晴らしいことであるから、どうか道理を外れすぎない行動をして欲しい——と考えながらメタシム襲撃に備えていた時、俺と出会ったのだと。

洗脳から完璧に解放されているわけではないだろうが、スティーブは世間一般で言う正気の部分が残っている。

また、非常に婉曲的な表現を重ねてアーロスを批判している辺り、拠点内で口に出すとまずいことだと理解もできている。前世の記憶は無いのだろうが、自力で洗脳から解放されているとは中々どうして信用できる奴だと思った。

「……あなたは他の人と違って話せそうだ。僕と同じような人がいて良かった」

スティーブは教団内部の異常に気づける側の人間だが、他の教徒達は違和感にすら気づけない。生まれた時からアーロス寺院教団の優秀な手駒として育てられ、それ以外の何もかもを知らないのだから。

スティーブのように聡い人間も、そうでない人間も、全てアーロスの被害者なのだ。

『教祖アーロスは神のような御方で、彼のやっていることは全て正しい。それ以外は悪。ケネス正教は我々の邪魔をする悪い組織である』。そんなことを何年何十年と刷り込まれ、大半の教徒は疑うことすらしなくなっているというのに……スティーブのような教徒と出会えるのは奇跡に近かった。

俺達は互いに薬の調合方法を教え合い、更に仲を深めていく。

「一緒に生き残ろうぜ、オクリー」

「あぁ。当たり前だ」

出撃の日は明日。それまでに準備を済ませておかなければならない。

俺達は調合薬や回復薬の知識を持ちうる限りで出し合って、大規模作戦で生き残る術を共有することにした。

メタシム襲撃は邪教幹部が中心になって行われる奇襲作戦だ。速攻で正教兵の駐屯地を破壊し、敵幹部に情報が伝わらないうちに街を占拠するという流れになる。

俺達の役目は市街地で正教兵の各個撃破、市民の捕縛に努めること。しかし、一般兵の戦闘力を見た時、個人的な感覚で言えば正教兵の方が強いように思える。

彼らは場慣れしている上に装備も潤沢だった。各小隊での連携も取れているし、身体作りという点からしても質が違っていた。一般兵が同数でぶつかった時、相手方が下手を打たない限り負けるのは俺達になるだろう。こちらの幹部連中がどれだけ効率的に一般兵を抑えてくれるかも重要な要素だ。

俺やスティーブが警戒するのはそういう部分だった。対正教幹部に備えるというよりは、細やかな戦闘で競り負けないように立ち回っていくしかない。

今更戦闘技術を飛躍的に伸ばすことはできないので、先日から実践しているように装備のメンテナンスや回復薬の調合で生存確率を上げるのが最も確かな方法だろう。

「作戦当日、僕達はどうせ大したことなんてできやしない。あの御方達の力があまりにも暴力的すぎて、僕らの働きなんて無いも同然だろうね」

「ヨアンヌ様達のことか？　まぁ……あの方々は人間から逸脱してるからな」

「僕もああいう風に強くなれたら、回復薬なんて使わなくて済むんだけどなぁ」

「前に出なくちゃいけない分、怪我自体は増えるだろうけどな」

「身体の半分吹っ飛ばされたりしてるけど、アレって相当痛そうだよねぇ」

「……痛いなんてもんじゃないだろ」

幸い、出撃の日までは自由に過ごすことを許可されていたため、俺とスティーブは拠点付近の森の中に薬草採りに出かけていた。

古城拠点の居住区には森へと通じている部分がある。そこから抜け出した俺とスティーブは、より良い素材を求めて森エリアへ足を踏み入れていた。

一般邪教徒の生活環境は疑心暗鬼の相互監視下にある。スティーブはこの教団内では比較的信頼できる方だとは思うが、心中できるほどの関係が築けているとは言い難い。俺が脱走なんかした日には周囲に言いふらされること間違いなしだ。そもそも、そういう動きを察知された時点で危ないだろうな。

まぁ、現在の俺はヨアンヌのマーカーによって場所をリアルタイムで把握されている。そんなわけで、居住区から森エリアに自由に出入りできると言っても、邪教徒のしがらみからは簡単に逃れられないのだ。

「それにしてもスティーブ、ここ本当に大丈夫なのかよ？　俺、モンスターが怖くて森の中に出入りしたことなんて全然ないんだけど……」

森の深い場所に進むほど、自然発生したモンスターに遭遇する可能性が高くなる。希少な薬草が採取できる可能性も高くなるから、安全と希少薬草を天秤にかけて、上手い具合の場所を見つけなければならなかった。

　しかし、スティーブが薬草採取に最適な場所を発見してくれたお陰で、俺達はモンスターの脅威を感じることなく採取活動に勤しむことができた。無論、彼の自信の所以を知らない俺はビビり散らしていたのだが。

「僕、モンスターが来そうな場所が何となく分かるんだよね。だからここら辺は大丈夫だと思うよ」

「根拠のない自信だったら怒るぞ」

「ははっ。じゃあ僕、オクリーに怒られちゃうね」

「おいおい、本当に根拠なしなのかよ？」

　頬を痙攣させながら振り向くと、彼はどこか遠くを眺めながら呟いた。

「……僕には教団から教えられたこと以上の調合知識がある。モンスターの発生地帯が何となく分かるのも変な話だ。多分、僕は教団に来る前の記憶があるんだろうね」

　スティーブは俺ですら知らない軟膏タイプの回復薬を調合できる。本人曰く、任務中に大怪我した時にもその回復薬で命を救われたことが何度もあったらしい。

　医療技術の発展していないこの世界では、致命傷を治癒できる手段が限られている。

　彼が調合する薬は、最上位に近い回復効果を期待できるものだった。失った肉体を生やす治癒魔法とまではいかないが、ある程度の外傷ならすぐに塞がってしまうという。

素材さえ揃っていれば、俺もスティーブの薬に近い上位の回復薬を調合できると思う。

ただ、この拠点内の限られた素材で彼が作るような回復薬を作れるかと言われれば……答えはノーだ。

教団にも調合薬作成の雛形のようなものは存在するが、そこには最低限の知識しか載っていないため上手く使える人間は少ない。そんなわけで、スティーブのように特異な知識を持っている者は十中八九外部からの記憶が由来であろう。

普通はこの教団に入る時に記憶消去や人格矯正などの処置を施される。スカウトされた者などについては例外だが、スティーブは過去の記憶を改竄されているはずだ。彼が記憶の残滓を感じられているのは幸運という他ない。

「オクリーにも昔の記憶はないの？」

「俺は……よく分からない」

「そっか。僕だけなのかな？」

俺は咄嗟に前世の記憶に関することを隠してしまった。どうしてなのかは自分でも分からなかったが、前世の記憶を完璧に保持していることはいけないことだと思った。

彼は素直に身の上話を打ち明けてくれたというのに、俺は腹の内を語り出すタイミングを失って、口を噤むしかなくなってしまう。

スティーブは特に気にする様子もなく、ぽつりぽつりと続けた。

「たまに夢を見るんだ。母親らしき女の人と一緒に薬を作る夢。森を歩いて、薬草を採りながら、その人は僕に色んなことを教えてくれるんだ。まさに今、僕がオクリーにそうしてるみたいに……」

鬱蒼と茂った雑草の中から、お目当ての薬草を摘まみ上げるスティーブ。俺が知らない種類の草だ。スティーブは俺の顔色を窺った後、どの辺に狙いの薬草が生えているのか、この雑草にはこんな効果があるから優先的に採るべきだという雑学を教えてくれた。

「凄いな。俺の知らないことばっかりだ」

「でしょ？　昔、その人が色々と教えてくれたんだろうね」

「……お母さんの名前は分からないのか？」

「名前？　分からないな……」

「そうか……」

「…………」

スティーブは軽く頭を押さえるような動作をした後、やはり思い出せないと言いながら首を振った。

「でも、あの人と歩いた景色ならはっきりと分かるよ。深い森があって、岩肌に苔がびっしり生えていて。僕が足を滑らせそうになるから、注意してくるんだよ。濡れた岩の上には乗るなって。……いつかその景色を探しに行きたいと思ってる」

スティーブは薄暗い森の中で瞳を輝かせながら言った。彼の双眸に宿った光は真っ直ぐに希望を見ていた。

こんな環境に置かれているというのに、彼は夢を語れるのか。

対して俺はどうだ。この教団から逃げること、何とか生き延びること……あまりにも消極的な考えを抱くのみではないか。

「……自分ばっかり喋っちゃって、何だか照れ臭いな。でも、僕にこれだけ語らせたオクリーが悪いんだぞ?」

眩しい。そう思うと同時に、自分の前世に関する情報を隠してしまったという罪悪感が襲ってきた。

今、改めて正直に言うべきなのか。それとも、友情の芽吹きに流されて開示してもいい情報ではないと、この気持ちごと飲み込むべきなのか。

前世の記憶、つまり原作の記憶は俺にとっての切り札だ。しかも、一度打ち明けてしまえば取り返しはつかない。そんな危険な情報を今ここで話しても良いのだろうか。

(……本当に?)

話して楽になってしまえという感情と、まだ話すべきではないという相反した感情がせめぎ合う。

俺はスティーブが探している夢の景色を探す手伝いをしたい。それは心からの本音だ。

でも、前世の記憶を話すことと彼の夢を手伝うことは別の問題だろう。スティーブと精神的に対等な関係を築こうとして、内なる秘密を包み隠さず話したくなってしまうこの気持ちはどうにか堪えるべきなんだ。

俺はしばし優柔不断に陥った後、今は秘密を隠すことに決めた。

いつか、スティーブに全てを語る日が来るだろう。今がその時ではないだけだ。

面映ゆそうな表情ではにかむスティーブに微かな笑みを返した俺は、本心からの言葉を紡ぐ。

「いつか夢の中の景色を見に行きたいって？」

「う、うん」

「いつかなんて言わず、具体的な日程を決めたらどうだ。忘れてしまったら悲しいだろ？」

「オクリー……！　やっぱり君っていいやつだな」

「や、やめろよ。恥ずかしい」

「ははっ！　えっと、具体的な日にちでしょ？　じゃあ……この戦いが終わったらメタシム周辺を探検しようよ！　見覚えのある景色が見つからなかったら、どんどん範囲を広げていくんだ！」

「それって果てしない探検になりそうだけど……まぁ、いいか。楽しそうだ」

「そうだろう!?　何だかワクワクしてきた！　久しぶりに生きてるって感じだ！」

「あぁ、俺もだよ」

俺はスティーブと約束を交わした。この世界に生まれて以来、初めて友達と交わした約束になるだろう。俺は生き延びることに必死で、他の人と他愛のない会話をしたことなんて全くなかった。

俺の頭のてっぺんに突き付けられるのは、いつも命令の言葉だ。

ああしろ、こうしろ、できなかったら死ね。殺す。

返す言葉は『はい』『了解しました』ばかり。心を殺して、感情を抑制して、上の命令に従う人形に成り果てていた。

今日、彼と出会って、初めて人間になれた気がする。

メタシム襲撃作戦では必ず生き残ってやる。

スティーブと別れた後、彼が調合してくれた特製の回復薬を懐に押し込んだ俺は、胸の前で拳を強く握り締めた。


日が暮れ、改めて装備の確認を終えた俺は、妙な緊張で寝つくことができなかった。

最後になるかもしれない自由時間だ。無意識に興奮しているのかもしれない。

割り当てられた共同の生活スペースを抜け出して、ボロ屋の軒下で膝を抱える。

夜更かしをすれば脳の機能が鈍くなり、気づかないうちに誤った判断を下してしまう確率が上昇するだろう。特に大事な日の前なんかは早寝するに限る。

その辺をぶらついてリラックスしたら、さっさと寝てしまおう。

（日本で眠れなかった時は、とりあえずスマホを弄ったりゲームをしたりして、眠気が来るのを待ってたっけ……）

電気のないこの世界において、夜の時間は非常に長い。居住区には明かりが少ないため、ただ歩くだけでも足元に注意を払わなければならないほどだ。

ボロ屋の入口付近に放置されていたランタンを拾って、舗装されていない地面を照らして進む。

夜間に睡眠以外の行動を取ったのは久々である。明かりの燃料が限られており、寝る以外の行動は非推奨とされているからだ。

ただ、その前提を逆に利用して、機会を見計らって夜に行動することもあった。秘密裏に薬の調合をするため、武器庫のある洞窟で一夜を過ごすとか、そういうの。

最近はそういう機会もなかったが、昔はよくやった覚えがある。

原作知識を用いて爆薬や毒薬が本当に作れるのかを確かめたり、そのついでに爆薬の実験を行ったり……たまに調合をミスって想定以上の爆発が起きて、ファンキロがブチ切れながら犯人捜しを始めたこともあったっけ。

あの時は本当に死ぬかと思った。激怒したファンキロが全員を広場に集めて、一人ひとりに

『呪い』をかけて尋問してきたくらいだからな。

あなたがやったんでしょ、いいえ違います、という尋問が小一時間続いて、次はいよいよ俺の番——死を覚悟したその時、アーロスの一声が飛んだのである。

これ以上は時間の無駄です、犯人捜しはやめましょう、と。

教祖の意思に反対できなかったファンキロは、昨晩の爆発音は魔獣か落石によるものだと無理矢理納得して矛を収めてくれた。アーロスの発言がコンマ一秒でも遅ければ、俺は今ここにいないだろう。あの時はアーロスいつもありがとうと思ってしまったくらいだ。

小爆発を起こした箇所は洞窟の天井が崩落したことにより隠蔽されたため、改めて詮索が及ぶことはなかった。今となっては笑い話である。

(いや、全然笑えないな……)

武器庫のある洞窟は、この拠点内でも比較的安心できる場所だ。

何となく、今日はそこで寝ようかなと思った。

俺は山の麓から洞窟内に侵入した後、武器庫の中に安置されている椅子に腰かけた。

「ふぅ……」

明日、原作でも重要な出来事である『メタシムの戦い』が始まる。

ただ生き残るだけではダメ。原作主人公とコンタクトを取らなくてはならない。

勝負は一度きり、か。

生存への欲求と、やらなくてはならないという使命感との板挟み。そりゃ、プレッシャーで眠れるはずもない。

椅子を傾けて一定のリズムで揺らしてみる。ランタンの温かな光が視界の隅に入り、少しだけリラックスできた。

しかし、周囲のしんとした静寂に耳を澄ませてしまうと、一気に汗が噴き出してくる。感情がめちゃくちゃだった。

「ふぅ――……っ」

極度の疲れと精神的苦痛に苛まれて、眉間を揉む。絶望的な過労とは裏腹に、悶々とした身体の疼きが抑えられなくなってきた。苛立ちに似た性欲である。

こうなったらどうしようもない、一発抜いて寝るか。その方がスッキリして眠れそうだ。

ふと昨晩のヨアンヌのことを思い出して、ややムラっときたのもある。

人間には危機的状況の中でも子孫を残そうとする本能があるらしい。餓死者が幾万と出る国、戦争中の国なんかでは、その後に爆発的な人口増加が見られやすいとか何とか。

……とまあ、これは言い訳か。男だから仕方ないってやつだな。

洞窟の天井を見上げながら、放心気味にヨアンヌのことを思い浮かべる。

正直、あの女で興奮させられてしまった自分自身が情けなかった。アダルトゲームの中のキャラクターに欲情するならまだしも、リアルの存在としてのヨアンヌにムラムラしてしまうのは結構な敗北感を感じてしまう。

だって、あのサイコパス女だぞ。容姿がちょっと整っているだけ、顔面偏差値がちょっと高いだけのやべーやつなんだぞ。顔と身体にステータス全振りして性格とカルマ値がマイナスみたいな女に、どうして俺は揺らがされているんだ。

俺はヨアンヌのことが好きなわけじゃない。見てくれだけは本当に良いから、その点で男として惑わされているだけだ。よく知らないけれど見た目が好みなソシャゲのキャラがSNSに流れてきた時、それをおかずに使う男は割と多いだろう。

それと一緒だ。ヨアンヌは顔が良くて、俺に好意を持っていて、しかもおっぱいがデカい。俺はその部分を都合よく切り取って、おかずに使おうとしているだけだ。

…………。

(……最悪だ)

罪悪感というか、何というか。複雑な心境でどんよりした気分に落ち込んでしまう。

そんな風に気が抜けていた時、首から提げたペンダントがぶるぶると震え出した。

「……!?」

項垂れた際の動きでペンダントが揺れたものだと勘違いしていたため、反応が一瞬遅れてしまう。

ヨアンヌだ。あの女が来る――

咄嗟に身を翻して防御姿勢を取る。同時、暗闇の支配する洞窟の向こう側から聞き慣れた声が響いてきた。

「………い、お～い」

声のする方向にランタンを掲げる。蠢く影すら見当たらない。

まるで追い詰められた草食動物だ。突然の出来事に、俺は目を見開いて硬直することしかできなかった。

俺は今、ペンダントの中にヨアンヌの肉片を所持している。その肉を通じて彼女は俺の位置を把握できるため、俺がこの洞窟に足を運んだことに気づいたのだろう。

けれど、ヨアンヌは日が暮れるとすぐにおねむになってしまう子だったはずだ。明日に大事な作戦が控えていることもあって、寝床につくのは相当早かっただろうに——そんな思い込みのせいで、俺はヨアンヌの襲来を全く警戒できていなかったらしい。

「そこにいるんだろ。分かってるぞ」

ごつ、ごつ、と重々しいブーツの足音が洞穴《ほらあな》の中に反響する。

少女の声と気配が近づいていた。ヨアンヌが俺の位置を掴んでいるのもあって、着実な足取りが一直線に向かってきているのが分かった。

周囲の暗闇よりも遥かにどろどろとした粘性の威圧感が強まる。籠った空気が更に淀み、息苦しさが増してくる。

こうなってしまったら仕方がない。俺はズボンをずり上げながら、何とか呼吸を整えた。

正直言って、今ヨアンヌと遭遇するのは最悪である。やっていたことがピンポイントに彼女の地雷すぎた。

「何してた？」

「はい、ヨアニーを少々嗜んでおりました」

「おお」

なんてやり取りになったら、興奮した彼女に手足を切断されて一巻の終わりである。

そうして頭の中の思考に気を取られていた時、一定間隔で聞こえていた足音が消失していることに気づく。

直後、とんとん、と肩を叩かれた。

「オクリー、こんな夜分に何をしてる？」

「っ!?」

気づいた時には、自分より一回り小柄な少女が俺の背後に立っていた。

椅子に崩れ落ちるように着席しながら、俺は「ああ」と震えた声を漏らす。

「そ、装備の確認をしていまして」

「今朝もしてなかったか？」

「改めて心配になったんですよ」

「そうなのか」

「そうなんです」

「ふぅん。それにしては様子がおかしいぞ。顔が真っ赤だ」

ヨアンヌは前かがみになって、俺の額に小さな手を当ててくる。ぐっと距離が縮まり、「具合が悪いのか？」と上目遣いで見つめられる。ゆったりとした寝巻きの上からでも分かる豊かな胸部が目の前で躍る。俺は様々な衝動を抑え込みながら懸命に目を逸らして、誤魔化すような言葉を並べた。

「光の具合でしょう。調子は万全ですよ」

「そうか。……ところでオクリー、この変な臭いは何だ？」

「あぁ――調合していた薬の臭い、ですかね。色々とやっていたので」

「よりによって今日にか？　オマエは真面目だな」

「いえ、そんな……ところでヨアンヌ様は何故ここに？」

「大事な作戦の前夜に妙な場所にいる誰かさんの様子を見に来た。……ま、本音は寝つけなかったからだけどな」

「え？」

「アーロス様の故郷を取り戻す戦いだ……他支部の連中が色々と根回しをしてくれてる分、絶対に失敗できないっていうプレッシャーがあるんだよ」

「……あなたが弱音を吐くところ、初めて見ました」

「普段は口に出さないからな」

ヨアンヌは小さく息を吐いた後、外へと続く道を指さして言った。

「どうだ？　少し話さないか？」

俺達は洞窟から脱出し、ヨアンヌに抱えられる形で山の頂上にやってきた。彼女が軽く跳躍するだけであらゆる地形を飛び越えてしまったので、文字通り俺はお荷物だった。

「ここ、星がよく見えるだろ。眠れない夜はここに来てるんだ」

ヨアンヌは枯れた草原の上に寝転がり、手足を広げて大きく伸び上がる。

曰く、眠れない晴れた夜の日は、ここに来てぼうっとするのが好きらしい。古城の自室の窓からでは見られない、三六〇度見渡す限りの星空を見ていると落ち着くんだとか。

俺にしてみれば、こんな山の頂に来てもモンスターに襲われるだけだ。地味に標高があるせいで帰り道も大変だし、星空なんてどこからでも拝めるだろう。俺にヨアンヌの気持ちは分からなかった。

彼女の真似をするように地面に倒れ込み、枯れた草に露出した肌を刺されながら両手両足を伸ばす。

なるほど、確かに星がよく見える。見知った形の星座はないけれど、ここまではっきり見えると少し楽しいかもしれない。

「綺麗だろ？」

「……ええ、初めてじっくり夜空を眺めた気がします」

この世界に生まれてから、ずっと俯いて生きてきた。何も気分的な意味だけではなく、舗装された道を経験したことがないから、木の根っこや地面の凹凸に気を配らなければならなかったという意味でも、だ。

そんな中、ヨアンヌに促されてという半強制的な形ではあるが、こうして何の意味もなく空を眺めていて、不思議と満たされたような気分になった。

本当に美しいものを見た時、人は言葉を失うという。俺は今日見た星空の雄大さを形容することができなかった。

最初ヨアンヌに横になれよと圧をかけられた時は、服が汚れるとか、枯死して硬直した茎葉が身体に刺さって痛いとか、否定的な感情ばかりを抱いていたというのに――

今は夜空に圧倒されて満足している自分がいる。

ただ空を見上げただけなのに、意味もなく前向きになれた気がした。

俺は初めてヨアンヌに感謝の念を抱き、それが言葉となって発露した。

「……ありがとうございます、ヨアンヌ様。今日は夜更かしして良かった気がします」

俺の言葉を聞いて、からからとした笑い声が視界の外から飛んでくる。少女の声色は柔らかく、普段から纏っているどす黒い威圧感もない。ヨアンヌのような怪物じみた存在といえども、

この絶景を前にして牙を抜かれているのかもしれない。

数分間、互いに無言の時間が訪れる。

古城の大広間で幹部連中に晒し者にされていた時のような陰々滅々とした沈黙ではなく、心地よさとくすぐったさの混じったような清涼な沈黙。

絶対的に分かり合えないはずの少女が隣にいて、俺はその子に心を救われてしまったのだろうか。さっき自己嫌悪しながらヨアニーしていたとは思えない展開だ。

ゆっくりとした星の移動に目を奪われる中、ヨアンヌが軽く袖を引いてくる。

「良いもんだろ？」

お互いに傾げた顔が、至近距離で突き合わされる。夜空から降り注ぐ微細な光が、薄く染まった少女の頬を照らす。

さっき指摘された時は光の加減なんて誤魔化したけど、今の彼女の顔は確かに赤く染まっていた。意趣返しに顔が真っ赤だって言ってやろうかな、なんて思って、俺はヨアンヌと目を合わせる。

少女の翡翠色に染まった瞳が、星の光を反射してきらきらと輝いていた。混沌とした渦を巻く模様の中に星屑《ちりば》を鏤めたような、危険な魅力のある瞳だ。

かけようとした言葉を見失って、俺は再び閉口してしまった。

「ちょっと寒いけど、このまま寝るのも悪くないかもな」

「……明日に響きますよ」

「ふっ、そうだな。そろそろ帰らないとな……」

「…………」

ヨアンヌの瞳が僅かに寂しさを露わにする。

帰らなければならない、その言葉が俺の心に寂しさと切なさを運んできた。

軽々と跳ね起きた彼女は、腰の辺りの汚れを手で払いながら、改めて伸びをした。

「……オクリー。アタシは明日の作戦で持ち場を離れるわけにはいかない。うっかり雑魚兵に殺される……なんてことがないように頼むぞ」

「分かっています」

「そうか。上手くやれよ」

「……はい」

メタシム奪還作戦開始は明日の朝。彼女の個室に流れるように拉致された俺は、あっという間にヨアンヌ様専用抱き枕にされ、その怪力に圧し潰されそうになりながら酸素を奪われて眠りについた。

＊＊＊

拠点内の尋問室にて、ファンキロ・レガシィは雪のように白い髪を指先で弄っていた。

彼女は退屈そうに欠伸《あくび》をした後、散々弄り倒した髪を直し始める。

「あ〜あ……最悪」

とある人物を待っていたファンキロは、何度も溜め息を吐いて拷問道具を指先で弄んでいた。血錆や変形を見つけては苛立ちを募らせ、結局面倒臭くなってまともな整備なんてせず現状確認と先延ばしで終わるわけだが。

ファンキロは拘束器具付きの椅子に勢い良く背中を預け、拷問の記憶を思い出して暇を紛らわせる。

あの時の女は歴代でもかなり上位の美しい泣き顔だった。小娘の声帯から飛び出す悲鳴はアベレージが高くて爽快だ。屈強な男が情けなく泣き喚くのも滾らせてくれるし、大男が肉体の繊細な部分を切り刻まれるだけで全身を波打たせるのも中々にそそる……。

回想に興が乗ってこようかという時、やっとファンキロの待ち人が到着した。

「お待たせ」

「遅いよポーク」

尋問室の扉の前に現れたのは男装の麗人ポークである。艶やかな黒髪をショートカットにして後ろでひとつに纏めて縛っており、妖しげな灰色の瞳は尋問室の澱んだ空気と非常に調和していた。ファンキロの雰囲気と相まって、幹部序列五位ポークの来訪は尋問室のどろりとした陰鬱な雰囲気を増幅させる。

　ポークはファンキロの真正面に座ると、彼女の真似をするように目についた拷問道具を拾い上げた。偶然にも刈込鋏を手に取ったポークを見て、ファンキロはヨアンヌの暴走を思い出して下卑た微笑を浮かべる。ヨアンヌの他にも失態を晒した青年のことも思い出していた。

「で、頼みって何？　キミがボクに頼み事だなんて珍しいように思えるけど」

「ポークを呼んだのは他でもないわ。そっちの能力で監視してほしい人間がいるの」

「監視？　一体誰を？」

「……オクリー・マーキュリー」

　ポークの目元が一瞬だけ痙攣する。彼女はその一般教徒の名を知っていた。教祖アーロスが最近口にする『鶏の彼』ではないか。

「オクリーと言えば最近噂の男じゃないか。優秀な教徒だと聞いているけれど、どうして彼を監視する必要が？」

「それはそうなんだけど、まぁ。個人的な理由よ」

「ふぅん？」

　あの男がアーロスに認められた事実が気に入らないだけである。つまり当てつけが理由の大半だ。ただ、その理由は下手な芝居で煙に巻いた。

　ファンキロとポークは別段仲が良いわけでもない。だから頼み事なんて嫌だったのだ。ポークに借りを作るだなんて。

もちろん大義名分は用意してある。教団内の派閥把握のためだ。オクリーは恋愛感情を利用してヨアンヌに取り入り、上層部にのし上がって権力を得ようとしている可能性が高い。オクリーがヨアンヌを好いていないのはファンキロの魔法で判明済みなので、ファンキロにしてみればオクリーの野心に溢れた本心は見え見えである。

（真実の恋なら応援してやらないでもなかったけど、オクリーはヨアンヌを利用する気満々だった。アーロス様に好かれている分、あの野心は危険だわ。更に弱みを握って芽を摘み取らないと……）

ファンキロはポークに対して理由を話さない頑固な態度を固持した。それをいち早く察したポークは、個人的な理由に触れずに話を前に進める。

「理由は聞かないであげる」

「それが一番助かるわ」

「期間は？」

「当面は続けてほしい。監視の手段は問わないわ」

「ボクも暇じゃないんだからさ、そういうのは自分でやるべきだと思うけどね。ご自慢の魔法と拷問で、心配事なり何なりを根掘り葉掘り聞き出せばいいじゃないか」

「……うるさい。アーロス様のお気に入りに直接手を出しづらいのは知ってるでしょ」

「あはは！　監視するのもどうかと思うけどね？」

ポークは白い手袋を填めた手で口元を押さえて、くすくすと笑った。ファンキロはやりにくそうに髪の毛を触る。

ポークにしてみれば、オクリーは教団の次世代を担うエースになるかもしれない男だ。ファンキロに言われなくても当然監視する気でいたため、この依頼はポークにとって渡りに舟だった。

無論、ポークはヨアンヌとオクリーの歪な関係性を知らない。彼女が意識していたのは、差し迫るメタシム奪還作戦における彼の行動であった。

教団内での名声が上がっている今、地盤を固めるために功を急いでしまい、オクリーが下手な行動に出て失敗を犯す可能性がある——ポークはそう考えていた。

メタシム奪還は、圧倒的な戦闘力を持たない一般信者の活躍が見込めるような作戦ではない。オクリーはセレスティアとの戦闘を二度乗り越えてみせたが、純粋な戦闘力という意味ではまだまだ未熟だ。

仮にオクリーがこの作戦を「点数稼ぎ」のように勘違いしているなら、監視させる予定の自動運転型の意識を乗っ取って無茶な行動を引き止めるつもりである。

ファンキロがオクリーの粗を探すために監視を依頼しているのに対して、ポークは彼の安全と将来を守るという意味で監視を決意していた。

「で、いつから監視してくれるの？」

「今すぐにはできないよ。準備が整い次第、自動運転型で開始するね」

「あぁ、結構よ」

不穏な会話を重ねた二人は、それだけ打ち合わせるとさっさと解散した。

「……ポークも尋問したい人がいたらワタシに知らせて？　借りができた分、うんとサービスしてあげるから」

「ははっ、その時は喜んで頼むよ。それじゃ」

その言葉を最後に、二人は別れた。

教団内の派閥把握という目的を持つファンキロと、オクリーの保護を考えていたポーク。二人の思惑が重なった結果、秘密裏にオクリーへの監視がつけられることになった。

しかし、そんな彼女達の思惑とは裏腹に、事態は予想外の方向へ展開していくことになる。

# 十一章　前日譚の悲劇

某月某日、深夜。俺達はメタシム地方に向けて行軍を開始した。

秋が終わり、いよいよ厳しい冬が到来しようかという夜だ。周囲を歩く者達の口元から白い吐息が浮かんでは消え、防寒具を着込んでいなければ手先の感覚を喪失しそうになるほど冷えた空気が支配していた。

アーロスお手製のローブには隠密効果のある認識阻害の魔法がかけられているが、今までその恩恵を感じたことはほとんど無い。

多くの教徒は文句すら言わないが、俺やスティーブなどの教徒はもっと上等な装備が欲しいと思っているはずだ。至近距離で直接戦闘になった時、隠密効果なんてクソほどの役にも立たない。

進軍の中、水溜まりに足を取られたスティーブに手を貸して立ち上がらせる。

「スティーブ、俺の手に掴まれ！」

「……助かるっ」

冷たい泥水に浸されていたせいか、その手は冷え切っていた。

（手ぇ冷たっ！　こいつ大丈夫か？）

氷のように冷たいスティーブの手を心配しつつ、俺達は行軍を再開した。

拷問官ファンキロが正教のスパイから引き出した情報によると、今日から数日ほど兵士の移動の関係でメタシム地方の防御が薄くなるらしい。正教幹部は別の場所に滞在しているか、他の任務で忙しいということで、ケネス正教に仇なす者としては二度とない絶好のチャンスがやって来たわけである。

しかし、編制されたアーロス寺院教団軍の総数はそう多くない。『聖戦』となるであろう戦いにおいても五百名かそこらだ。拠点内にいた若い男性の教徒が集められ、それ以外は留守番となっていた。

ただ、この戦いには教祖自らが出向くと同時に二人の幹部も同行している。

有象無象のモブよりも幹部が三人出陣した方が余程戦力になるのだから、モブの頭数を絞って消耗を抑えようとする上の考えにはある程度納得できた。

幹部二人の内訳は、序列六位のヨアンヌと序列五位のポーク。忌々しい序列七位のファンキロは留守番。残った三人の幹部は敵幹部をメタシム地方から更に引き離すため、他の地方でゲリラ的に戦いを起こす算段だ。

原作の筋書きで言うと、この戦いはアーロス寺院教団が奇襲の勢いのままに勝利を収めていた。メタシムの街――つまり主人公の故郷は邪教徒の手に落ち、彼は失意のどん底に落ちることになる。

街に駐屯していた正教軍も三人の幹部を前に為す術なく蹂躙され、正教幹部が駆け付けるまでに壊滅的被害を被って撤退していたはずだ。

……原作の正史通りなら、この勝ち戦で俺が死ぬ確率は低いだろう。ただし、今までの事例を振り返ると穏便に済んできたことの方が少ない。メタシム襲撃がすんなり進めば助かるのだが……。

不安を感じつつ歩き続けて丸一日、俺達はメタシム地方に到着した。


俺が転生したゲルイド神聖国は、その名の通りケネス正教の最高指導者をトップに置く宗教国家である。

議会制民主主義などは一切採用されておらず、やや特殊な形態によって国が運営されている。人権や民主主義の概念は薄い。アーロス寺院教団よりは考慮されているので随分とマシだが、ケネス正教が圧倒的な力を持つ階級社会こそゲルイド神聖国の姿だ。

ケネス正教が権力を保持できているのは、選ばれし七人の幹部に与えられた魔法の力——つまり世界有数の軍事力を保有しているところが大きい。強きに従うのはこの世の定めである。

七人の幹部は言うまでもないが、その幹部に仕える人間達も世間一般的には化け物みたいな人間であるため、精神的な面でも階級意識や上下関係が根付いていた。

そして、現代日本の存在する地球と違って、この世界にはちゃんとした奇跡や魔法が起こる。神によって力が与えられることもあれば、救われることもある。教会の教えや宗教の支配力が大きくなるのは自然なことだった。

ゲルイド神聖国のトップは最高指導者たる幹部序列一位の人間。次いで、最高指導者の下につく六人の幹部がいる。これらに次期幹部候補たる軍事機関の責任者数名を加えたものが、神聖国の最高執行機関である。神父などの聖職者もこの支配層に該当する。

ピラミッドの下層に位置する民衆は、農民や労働者などの一般的な人々だ。九割程度の国民が下層に集中していると言って良いだろう。

下層階級の生活は極めて質素であり、魔獣や暴徒、災害から身を守る術がない。七人の幹部や兵隊の軍事力によって生活が守られているお陰か、彼らには頭が上がらないといった描写が原作の随所で見られた。特に幹部に対しては、畏敬の念も相まって神の使いの如き扱いをしていたほどだ。

この世界の文明レベルは、俺の主観的な判断によると恐らく中世から近世のレベルにある。魔法のせいで部分的に突出した技術もあるため一概には言えないが、一般国民の生活はその辺のレベルだと考えてもらって良い。

ちなみに俺達アーロス寺院教団員の暮らしは下級層の国民以下だ。

毎日集団で狭いスペースを分け合っての雑魚寝。プライベートは無く、無休かつ無給での奉仕を余儀なくされている。

しかし大半の邪教徒は外の世界を知らないので、疑問を抱くことも文句を垂れることもない。

（むしろ感謝さえしていると思う。多分……）

メタシム地方に聳える山の中腹から肥沃な大地を見下ろし、街の灯りを確認する。ゲルイド神聖国の片隅にある穏やかな大地と、そんな豊かな自然に囲まれたコンパクトな街だ。

メタシム地方は幸いにも魔獣や災害、疫病の被害に遭うことが少なく、豊饒の地として農業の盛んな地域でもあった。

この世界には魔獣やドラゴンが存在しており、それらの影響を退けられるか否かに人々の生活がかかっている。生活圏が魔獣に荒らされ放題であれば、人々は農業どころではない。そして、そんな怪物に真正面から対抗できる魔法使いや異能使い――つまりケネス正教幹部は大変貴重なのである。

（原作システムにはレベルやスキルの概念があって、ゲーム画面のポップアップからステータスを確認できた。でもこの世界にはそれらの概念が存在しない。強さの指標が可視化されていないせいで、事前の危険察知がかなり難しくなっているな……）

舗装も整備もされていない凸凹の獣道を最低限の休息で行軍し続ける。疲労と不安の中、頭の片隅で平和だった日本のことを考えていないと気が狂いそうだった。

（移動に使える車とか自転車とか……文明の利器がないのは本気で苦しい。ずっと歩き続けて足が棒になりそうだ……。これが夢だったら醒めてくれ……）

地面の窪《くぼ》み部分に躓《つまず》いて膝の皿を強打する。後ろの人間に急かされてすぐさま立ち上がるものの、鈍い痛みは拭えない。この痛みは現実の感覚だった。

集団を率いるアーロスは夜空を見上げて、全体に停止の合図をかける。

そろそろ他の幹部三人が他の地方を襲っている頃なのだろう、彼は耳に手を当てて誰かと念話をしているようだった。

ケネス正教の幹部は常に内政や軍部の指揮、街の守護、魔獣や災害への対応に追われ、三六五日ずっと身体の休まる暇がない。

そんな理由もあって、人口の少ない辺境の地の対応は後回しにされがちで、人口密集地帯に比べて魔獣や邪教徒の被害が出やすいという現状があった。正教側は邪教徒という目に見えた爆弾の排除に集中したいはずだが、やむにやまれぬ事情があるのだ。

こういう時考えてしまうのだが、守る側よりも壊す側や奪う側の方が有利だと思うのは俺だけなのだろうか。

正教側は組織が大きく国家としての面子もある分、民衆の被害を防ぐために奔走しなければならないが、アーロス率いる邪教徒は都合の良い洗脳教育のお陰である程度の被害を承知で強引な攻勢に打って出ることができてしまうというか。守るべきものが無いから捨て身になれるっていうか……。

その性質は原作プレイ中に嫌というほど味わってきた。原作プレイ中に悪辣すぎる邪教徒の罠に嵌められては『ふざけんな邪教徒共が!!』『俺が殺してやる!!』と何度作中キャラの如く叫んだことか。

時にはその狡猾さや胸糞悪さに台パンすることすらあった。敵の足を引っ張ることに関して彼らの右に出る者はいないだろう。

念話が終わったアーロスはこちらに振り向き、ウホンと咳払いしていた。

『子供と女は基本的に捕縛しなさい。男や年寄りは殺しても構いません。農地や家畜にはなるべく手を出さないように』

極々一般的な指示を出すような軽い口調。あくまで飄々としているが、この仮面野郎は本当にとんでもないことを言ってくれる。

人の命を何だと思っている？　お前に少しでも人を思いやれる心があれば、これから大量の人死が出ることも無かっただろうに。

俺はロングソードの柄を握り潰すようにして怒りを抑えた。この世界では力のない者が蹂躙される。ここで反抗しても無駄に終わるだろう。

無能な俺が悪いのだ。あぁ、クソッタレが。

（俺にアーロスを殺すだけの力があればいいのに……いや、教祖を始末したところでその遺志を継ぐ者が必ず現れる。幹部七人を始末して、邪教徒全員洗脳してケネス正教に改宗させるくらいの力がないと根本的な解決にはならないのか……）

宗教というものは一言で表し難く、それぞれの主張が違えば根本的な価値観も違うため争いが起こりやすい。一神教と多神教の者同士が話し合った時などは価値観の違いが分かりやすいだろう。宗教戦争が勃発すればどちらか一方が滅びるまで戦いが続くこともしばしばある。

更に厄介なのが、『お前は騙されているぞ』などとカルト教徒に告げたところで、はいそうですかと正気に戻ってくれるわけでもないということ。考え方や生き方として宗教が染み付いてしまうと変えようがないのである。

アーロス・ホークアイ。邪教徒として勢力を拡大し続けている彼は本当にとんでもないことをしてくれている。

『では皆さん、そろそろ行きますよ』

「はい、アーロス様」

「アタシに任せてください」

馬車に乗っていたポークとヨアンヌが下車し、山の傾斜に足をかけたアーロスの隣に立つ。俺の目の前に三人の幹部が並び立ち、今から蹂躙する街を見下ろしていた。

切り立った斜面の向こうで、外壁に囲まれた街が沈黙している。数百、数千の家の中に団欒する家族がいるのだ。小さな光が生み出す幻想的な光景——街灯のひとつひとつがまるで命の灯のようだった。

俺達は今からそれを破壊しようというのだ。どれだけ気持ちでは反発していても、俺は意気込む周囲の邪教徒を止める術を持たなかった。

「オクリー、見ててねっ」

ぼんやりと浮かぶ街の灯りを背景に、満面の笑みで白い歯を見せてくるヨアンヌ。彼女は『マーカー役』の俺のペンダントへ名残惜しそうに手を伸ばした後、狂気の顔つきへと変貌していく。

目を見開くスティーブと目配せしてから、生唾を呑み込んだ。

――戦況を左右するのは魔法の強さではなく、悪意と殺意の強さである。俺はアーロス寺院教徒幹部の持つ能力の悪辣さを嫌という程知っていた。

序列六位『ヨアンヌ・サガミクス』と序列五位『ポーク・テッドロータス』が力を合わせた時、二人の悪辣な能力は真価を発揮する。

ヨアンヌの得意とする『投擲』の射程はおよそ五〇キロメートルを誇り、その精度も異様なほど高い。着弾点付近にいる者はその衝撃と余波によって即死するだろう。

そして、ポーク・テッドロータス――彼女の魔法がいわく付きなのだ。服の隙間の異空間から出現する無限の『棘《いばら》』を操ることのできるポークは、能力の延長線上に『棘の毒に侵された死体を自由自在に操ることが可能』というものがあり――

――ここまで言えば分かってもらえるだろうか。彼女達が行おうとしている残虐な作戦の内容を。

「教祖様ぁっ、正教兵が駐屯してる建物はアレで間違いないんだな!?」

『はい、思う存分やっちゃって下さい』

「了解――ッ」

ヨアンヌが半径二メートル強の岩石を持ち上げ、頭上に掲げる。

直後、ポークの手首から射出された棘が岩石に突き刺さり、岩肌に僅かな亀裂が入った。

あっという間に岩の表面が紫色に変色し、明らかに有毒な見た目に変わっていく。

「ほらヨアンヌ、準備完了だ！」

アーロス考案の『対民衆用侵略作戦』――主人公の街を壊滅に追いやった悪魔の作戦を、原作ファンはこう呼んだ。

――『ゾンビ爆弾』と。

「はぁッ――!!」

少女が咆哮する。小さな身体から骨が軋む音が響き渡った後、轟音が大地を弾ませた。

ヨアンヌの腕から放たれた岩石は、夜空に土煙のアーチを描く。緩やかな放物線を描いて高々と舞う岩の砲弾。毒々しい岩はみるみるうちに小さくなり、眼下数キロの場所に広がる街へと一直線に飛んでいく。

その先に存在するのは、ケネス正教のシンボルマークが刻まれた駐屯地。メタシム地方を守るべく派遣された正教兵が集う、小さな街唯一の軍事拠点――

恐ろしく鋭い風切り音の後――着弾。

一瞬遅れて、重々しい破壊音と微かな振動が俺達の元まで伝わってくる。

視界の奥では、正教兵の拠点が跡形もなく崩れ去る悲惨な光景が広がっていた。それに加えて、頬を通り過ぎていく風の音に混じって微かな悲鳴が聞こえてくる。

岩石が飛散し、建物が完全に崩れ落ち、経過すること数秒。ヨアンヌの隣に立っていた男装の麗人が、ぷるんとした桜色の唇を歪ませた。

「アーロス様、自動運転型の始動を確認しました」

『そうですか。ありがとう』

その報告で全てを察する。駐屯地に居た兵士は全員死に、ポークの棘の毒に侵された。

そして一分も経たないうちに、彼らはポークの操り人形たる『ゾンビ』へ変貌してしまったのだろう。

『ゾンビ爆弾』は単に効率的な襲撃方法であるだけではなく、正教側に最もダメージを与えられる戦法だ。戦況的にも精神的にも圧倒的なアドバンテージを得られる非人道的戦法とも言える。

これこそがポークとヨアンヌの隠し持っていた秘策、『ゾンビ爆弾』である。

『さぁ――始めましょうか!!』

アーロスが身を翻して俺達を煽動する。

これから始まるのは戦闘ではない。

一方的な虐殺と蹂躙だ。

だが、この悲劇の中で――俺は――

(主人公に会って掴んでやる!!　この世界の希望ってやつを!!)

俺達突撃兵は転がるようにして山の斜面を滑り降りる。邪教徒共の絶叫と咆哮に呑まれて、闇の軍勢は進軍を開始した。

原作における前日譚、『メタシムの戦い』が幕を開ける。

「っ!」

侵攻開始の合図と同時に、ヨアンヌの二投目・三投目が俺達の頭上を飛び越えていく。

少女の投石は外壁を破壊するのに充分すぎる威力を誇り、街を守る壁に幾つもの大穴を開通させた。邪教徒は穴を目掛けて山の斜面を滑り降り、勢いを増していく。

人間が悠々と通過できる大穴に殺到した邪教徒達は、街に押し入って教祖に指示された通りに蹂躙を開始した。

そんな俺達の様子を後方で見ていた三人の幹部は、散開するように闇夜に飛び立っていった。

『ゾンビ爆弾』が起爆して、平和な街が地獄に堕ちる。そして、およそ五百名の邪教徒が街に突貫して武器を振るう。

まるで流れ作業だ。蜘蛛の巣のように伸びた街路に隅々まで雪崩込み、家屋の扉を蹴破り、窓をぶち破り、中に隠れていた人間を脅迫して拘束する。もしくは死なない程度の怪我を負わせて黙らせた。

男や老人は見つけ次第、柔な素肌を一突きして殺す。死体はポークの棘と毒によって操り人形へと変えられていった。

桁外れの増幅力で死の軍勢を増やしていくポーク。彼女の能力にも当然限界はあるのだが、正教幹部のいないこの状況においては無敵と言わざるを得なかった。

街の武力支配に精を出す一般邪教徒に交じって街を走っていた俺は、彼らの目を盗んで別行動に移る。怯え切った市民へ襲いかかるふりをして、一直線に主人公の家へと向かったのだ。

俺のプランは主人公をこの地獄から確実に救い出し、正教側の人間へ生きて引き渡すことであった。

この世界の誰よりも精神力と成長力に秀でている頭のおかしい主人公がいないと、この国はアーロスの狂気に呑まれてしまう。何かの拍子で主人公が死ねば正教徒全滅の正史ルートにまっしぐらだ。

何せ、一般人の身の上ながら、邪教徒幹部に抵抗できるだけの力を得られた人間は彼以外に存在しないのだから——原作主人公の死だけは全力で阻止しなければならなかった。

少なくともメタシム地方から無事に避難させれば、後は正教幹部のセレスティア辺りが何とかしてくれるはずだ。俺の辿る歴史が正史と変わっていないとも限らないし、やはり可能な限りの手助けはしてやりたい。

（なりふり構うな！　今はこの知識を活かして前に進むのみだ！）

全力疾走の傍ら、『ゾンビ爆弾』で爆発的に増殖したゾンビ達が視界の端で仲間増やしに勤しんでいる。

駐屯地の崩壊音を聞いて駆けつけた野次馬が真っ先に襲われており、人が襲われている場面を見た他の者達はやっと現状を理解し始めた。

「うわぁぁぁああああ!!」

「逃げろぉぉぉ!!」

必死の逃走も空しく、生きたままゾンビに肉体を貪られる人々。人という生き物は案外丈夫なつくりをしており、身体の一部を食いちぎられた程度では死なない。極限の苦しみを味わおうとも、心臓が止まるその瞬間までは生をまっとうするしかないのだ。

ポークの猛毒によって生まれたゾンビ達は、その身体に毒を有したまま新たな仲間を作っていく。二次感染者、三次感染者と代を重ねても、体内に流れる猛毒が希釈されることはない。一度彼女の人形が野に放たれれば、ねずみ算の如く、青天井に増えていく運命にあった。

街の灯りが揺れる。天からとも地からともなく湧き上がる大叫喚。ゾンビだけでなく邪教徒の襲来にも気づいた人々は、更なる恐怖へ堕ちていく。

女子供は捕らえ、それ以外は全員殺す。俺の後ろに続く邪教徒達は、その洗練された動きを忠実に繰り返していた。

（対民衆用の攻撃方法としてヨアンヌとポークの『ゾンビ爆弾』が優秀すぎるな。特にポーク……こいつだけ扱う魔法が抜きんでて卑劣だ）

ボーイッシュ系の爽やか美女という見た目とは打って変わって、ポークはやることなすこと全てえげつない。毒、棘、死体使役、能力全てが搦手ばかりだ。

しかも、彼女の操るゾンビは生者そっくりで、様々な命令を忠実に実行してくれるよう作り替えられる。そのため、正教兵のゾンビは『女子供を除いて人を襲う』『アーロス寺院教団に属する者を襲わない』という指示を徹底的に守っていた。

人の心が無いのではないかと思ってしまうが、人の心があるからこそ、されて嫌なことが分かるのだろう。逃げ惑う民衆に対してこれが最も効くと知っているのだ。

かつて起こった世界大戦では『非人道的兵器を使うのは流石にやめとこうぜ』という風潮があったらしいが、残念ながら彼ら邪教徒にそのブレーキは存在しない。

効率良く人を殺せるなら迷わずその手段を採用する。何をしてでも宗教戦争に勝ちたいという狂気が彼らの戦法を後押ししていた。

周囲を見渡すと、教祖アーロス、ヨアンヌの姿がなかった。恐らく彼らは街の反対側に向かい、残った民衆を挟み撃ちにするつもりなのだろう。

……主人公の家に向かったんじゃなければいいが。俺は近くにいたポークをちらりと盗み見る。

「オクリー・マーキュリー。余計な動きはしないでいいからね」

「え？」

「見てるから」

俺の視線に気づいていたのか、彼女はそう言い残すと街で最も高い建物の方角へと向かっていった。彼女は振り向くこともせずに棘の能力をばら撒き、地獄に更なる彩りを与えていく。

取り残された俺は、彼女の含みある言葉に悪寒を感じていた。

（よ……余計な動きをするなだって？　まさかポークは俺がやろうとしていることに気づいて――？）

ざわり。心が揺れ、全身の血流が不安定になる。目の奥にある血管がドクンドクンと音を立て、視界が嫌に横揺れする感覚があった。

（一体、何なんだ。ヨアンヌとファンキロだけじゃなく、ポークにも目をつけられたってのかよ……！）

俺は必死に彼女の言葉を否定する材料を探し、辛うじて心の安寧を得る。

（ま、待て……そんなはずはない。俺はポークにしてみればただのモブ教徒、謀《はかりごと》をする器も力もない。幹部はおろか、誰かの前で前世知識を匂わせたことなんて一度もないし、無個性な

教徒として存在感を殺して生きてきた。俺の目的が明るみに出るはずがないじゃないか）

ポークが原作主人公に目をつけているわけではないだろう。何せ原作主人公は何の変哲もない一般家庭の生まれ……勇者の血筋というわけでもないし、何らかの異能力に目覚めるわけでもないからだ。彼が台頭してくるのは数年後の話で、それまでは一般人と何ら変わりない。

動揺の最中、斜め後方のスティーブが話しかけてくる。

「驚いたよオクリー、まさかヨアンヌ様やポーク様と面識があるなんて」

「あ、あぁ。ちょっとな……」

スティーブに歯切れ悪く言葉を残すと、俺は再び主人公の家へと向かって走り出す。

原作ゲームの過去編にてメタシム地方の探索パートがあるため、俺は道を間違えず彼の家へと近づきつつあった。

——あぁ、覚えている。この街の構造を隅々まで。主人公の故郷にどんな人々が生き、どのように暮らしていたのか。全て知っている。

原作過去編において、俺達プレイヤーは破滅の運命を知りながら少年時代の主人公を操作しなければならない。

メタシムの戦いに負けると知っていても何もできず、今仲良くしている友人や家族が全員死ぬと分かっていながら、待ち受ける惨劇を画面の前で見ていることしかできないのだ。

……滅びの運命が確定した故郷を散策している途中の、なんと虚しく悲しいことか。

無論、この過去編は制作側が邪教徒を恨む主人公に感情移入させるために仕掛けたストーリーラインだ。あろうことか邪教徒による蹂躙中も主人公が操作可能なので、惨劇の様子を間近で体験することができた。

そして、主人公の過去のあまりの過酷さに多くのプレイヤーは言葉を失った。俺も『そこまでやらんでも……』とドン引きしたのを覚えている。

これは有名な話だが、『幽明の求道者』の評判を聞きつけた有名実況者が全年齢対象バージョン（と言いつつも対象年齢十五歳以上）を生配信プレイしたところ、主人公の過去編で「どうせみんな死ぬんだからこれ以上好きになりたくない」「ポーク様卑劣すぎる」「もうやめよっか」という数々の名言を残し、感情移入し過ぎて心が折れてしまったという逸話があるほどだ。

制作側が意図的に過激な描写にしたのだろうが……俺も過酷すぎて普通に寝込んだ記憶がある。

よく遊んでくれた近所のおじさんは、飛んできた岩から主人公を庇って目の前で脳漿《のうしょう》撒き散らして惨たらしく死ぬし――今考えたら多分ヨアンヌのせいじゃん――主人公君と結婚するって言ってた幼馴染は火に巻かれて真っ黒焦げになるし、主人公を床下に隠した両親は主人公が見つめる中生きたまま内臓を食い散らかされちゃうし――

全年齢版はゴア描写とエログロＣＧが全カットもしくは差し替えられてるからマシだけど、アダルト版は容赦がなさ過ぎた。

例えば、成長した主人公と両親が涙の再会を果たすシーンがある。察しの良い人なら分かるだろうが、その両親はポークの能力によって操られた死体だ。

ゾンビになってるけど元の人格と記憶がある程度残ってるんで、思い出話もできちまうんだ！　ポーク様優しい！　人の心がねぇ鬼畜野郎が。

ちなみに、主人公の幼馴染ちゃんは何故か服装や表情の差分CGが多岐にわたって用意されているため、惨劇から幼馴染ちゃんを救いたいと考えたファンによってタイムリープものの二次創作が制作されたり、成長後のファンアートが制作されたりしている。

あんまりにも悲しいから、もし幼馴染ちゃんを見つけたなら上手く助けてあげたいところ。

……どうせ救うのなら、数は多い方がいいだろう。主人公と幼馴染ちゃんの家は近い。

現実逃避じみた過去の話を脳裏に浮かべながら走って、瓦礫を蹴飛ばしながら幼馴染ちゃんの家へと向かう。目的の家へと続く通りに差し掛かった瞬間、足を竦ませるような熱気と黒煙が舞い上がっているのに気づいた。

（この通りを抜ければ幼馴染ちゃんの家――が――）

思考が途切れる。火の粉が頬を叩く。火事が起こっていた。

その源は数十メートル前方――まさに彼女の家があった位置から昇っているように見えた。

唖然としながら街を走る。既に多くの市民が避難したのか、辺りには瓦礫の山と抉れた石畳のみが広がっている。

そうだ、幼馴染ちゃんは鬼ごっこが得意で、逃げ足が速かったではないか。もう避難は終わっているさ。どこかに上手く隠れているのだ。そうじゃなきゃ有り得ない。

「あ？」

喉元からひしゃげた声が漏れる。

――曲がり角の向こう。

見慣れた格好の焼死体があった。

その死体は、あの時ディスプレイに映っていた一枚絵と瓜二つで――

「………………」

鼻頭が歪みそうなほど強烈な異臭が漂っている。無数の黒布が蝶々のように舞い、空へと飛び立っていく。彼女の纏っていた服の残骸だった。

「オクリー何してる⁉　そんな死体なんか放っておけ！」

スティーブの声が俺の正気を取り戻す。俺の挙動不審な様子を見たスティーブは、絞り出したように「知り合いか？」と尋ねてくる。

「……いや……俺には外の世界の知り合いなんて一人もいないよ……」

スティーブは「そうだろうね」と頷く。俺の記憶の始まりはアーロス寺院教団の拠点内からだ。外の世界に友達なんているわけがなかった。

死体から目を逸らし、悲鳴が木霊する街を走る。火の手がゲームの時よりも激しく回っている。隠れる場所もない。

どんなまやかしも通用しない猛烈さだ。こんな中を小さな子供が生き残れるとは思えなかった。むしろ早くに死んだ方が恐怖や痛みを感じないだけマシなのかもしれない。

(た、確か主人公の家から数百メートルの所に、下水道に繋がる穴があったはずだ。そこから逃げてもらうしかない……!)

主人公の家はもうすぐだ。俺は特徴的な一軒家を遥か遠くに見つけて、身体中が全力疾走により悲鳴を上げているにもかかわらず走り続けた。

そして、主人公の家に入る直前。

スティーブがずっと俺の後ろについてくることをふと不審に思った。

「……スティーブ。何故ついてくる? 手分けして逃げる人を捕らえればいいじゃないか」

彼に見られている限り、俺は原作主人公と会うことができない。

どうしてその子だけを見逃すんだ? と突っ込まれ、主人公を誘拐せざるを得なくなる。主人公が邪教徒堕ちするなんて笑えない展開だ。

とにかく彼は引き離さないと。いくらアーロスに反骨心を持っていそうな人間だからと言って、過度な信用は禁物だ。

正直なところ、スティーブは疑うよりも信用してしまいたい人間なのだが……彼だって俺のように、自分が死ぬより他人を殺して生き延びるような人間かもしれない。

じっと彼の反応を窺っていると、スティーブは真顔でこう言い放った。

「僕も質問がある。さっきからオクリーはどこに向かっているんだい？　僕達は外の世界を知らないはずなのに、君はやけに迷いなく道を選んでいたよね。どうしてだい？」

スティーブの発言に、頭を鈍器で殴られたかのような感覚を覚える。背筋が冷え、その違和感が腹の中へと浸透していく。肝が冷えるとはこの感覚なのだろう。急に鋭い質問をしてくるな、こいつ。

「……俺はヨアンヌと仲が良いんだ。彼女を通じてここの情報を貰ってたんだ」

「……ふ～ん。で、どこに向かおうとしてるの？」

「外門だよ。街の人間は俺達の来た逆の方向に逃げようとするだろう？　扉を締め切って奴らを閉じ込めようとしてるんだよ」

「なるほど、それはいい考えだ」

スティーブは顎を撫でた後、当然のように言い放った。

「一人じゃ大変だろう。僕もついていくよ」

「っ……わ、分かった。助かるよ」

誤算。断るわけにもいかず、俺は様々な言葉を呑み込んだ。

（ぐっ……!?　こんなことしてる暇は無いのに！　そうこうしてる間に火の手が回って、主人公が焼け死んでしまうかもしれない!!）

――スティーブはこの教団で初めてできた仲間のようなものだ。夢の景色を語ってくれて、この戦いが終わったら探しに行こうと約束までしてしまった。俺達は未来のことを語れる友達でもあった。

しかし、しかし――

いくら何でも、邪魔すぎる。

どうしても障害になってしまう。

(俺は……俺は……っ)

選択を迫られている。

主人公との接触を諦め、全てを天運に任せるか――

主人公と接触し、確実に救出した上で逃亡の手助けをするか――

両の選択肢を選び取ることは不可能である。

第二の選択肢に関しては、スティーブを完全に振り切らなければならない。

スティーブを誘うという選択肢は流石に選べない。説明の時に前世の記憶があるから――とか、原作主人公は正教側の英雄的存在になるはずだから――なんて言ってみろ。狂人認定されて密告され、縛り上げられるのがオチだ。

そもそも、俺達はまだ世界の重大な秘密を共有できるほどの仲じゃない。

仮にそうなるとしても、もう少し先なのだ。

本当に、もう少しだけ。

でも、決断は今ここでしなければならない。

時間は残されていない。

ゾンビや邪教徒共はすぐに押し寄せてくる。

(主人公の命を運任せにはできない。彼の存在はこの宗教戦争の鍵だ。スティーブを気絶させて主人公を助けに向かうしかない……！)

——俺は自らの手で主人公を救出することを選択した。

ここまで来て手を出さないのは馬鹿げている。スティーブには申し訳ないが、少しだけ眠っていてもらおう。

(悪いなスティーブ……！)

人を気絶させる手段として、うなじの辺りに手刀を当てて意識を飛ばすというやり方がある。これは常人離れした筋力と技術があって可能な芸当だ。

俺は邪教徒として育てられる中でこの技を身につけ、手刀の成功率はほとんど一〇〇パーセントと言えるほどの精度を誇っていた。

スティーブが目を離した隙に背中側に回り込む。周囲に誰もいないのを確認してから、振り上げた右手に力を込める。

そのまま、後頭部の一部をピンポイントで叩いた。ストンという音がして、俺の手に完璧な感触が伝わってくる。呆気なく終わったな。

「……そろそろ行くか」

スティーブが崩れ落ちたのを見届けて、俺は踵を返す。

その時だった。

「おい、何をしてる?」

「ッ――!?」

完璧に落としたはずのスティーブが首を押さえながら立ち上がり、俺に対してクロスボウを構えていた。

「いや、今のは、違――」

「オクリー。僕を騙したな」

「ち、ちが……くてっ。違うんだよスティーブ！　俺を信じてくれ！」

「何が違うんだ!?」

「それは――」

「一緒に夢の中の景色を探しに行こうって約束したじゃないか!!　君が持ち掛けてきたんだぞ!?　全部、都合の良い嘘だったのか!?」

「う、嘘じゃない！　本当だ！」

「……僕は……オクリーのことを信じてたのに……!!」

「――っ」

俺だって、スティーブのことを信じたかった。だけど、どうしようもなかったんだ。

そんな言葉を呑み込んで、俺はじりじりと距離を詰める。

「教団への裏切り行為。こんな形で友達を失うことになるなんて……残念だよ……！」

巻き上がる炎の中、俺はスティーブと正対した。

彼の瞳は笑っていなかった。完全に俺を敵対者と看做していた。

（やるしかないのかよ……！）

もう戻れない。やるしかない。世界を救うため、俺は唯一この世界で心を通わせた人間を殺すのだ。

俺は何度目か分からぬ後悔に苛まれながら、渾身の力で地面を蹴り上げた。同時、スティーブがクロスボウに装填された矢を射出する。

鏃には猛毒が塗られているだろう。身体を思いっ切り屈めて矢を回避して、ヘッドスライディングの要領でスティーブの胴に猛然とタックルした。

「うっ!?」

勢いに押されて地面に押し倒されるスティーブ。俺は腰に差したナイフを抜き放ち、彼の喉元に押し付けた。

決着は一瞬。スティーブは観念したかのように全身から力を抜く。

ナイフを振り抜こうとスティーブの首元を押さえると、不気味な感触が俺の手に触れた。

——それはまるで、弾力のないゴムのよう。無機物の感触に似ていた。生気の宿っていない冷たい肌は、圧力をかけても指に跳ね返ってくる力がなかった。

スティーブの身体の異様な冷たさに気づいた俺は、脳天に重い重い一撃を食らったかのような衝撃を受けた。


ナイフが薄ら切り込んだ首の表面から、一滴たりとも出血していない。


「……!!」

あっと声を出しそうになる。濁流のような記憶が中枢に流れ込んできて、俺の身体は動きを止めた。

見てるから、というポークの発言。

『棘』の毒に侵された死体を自動で操ることができるという能力。

二度触れて冷たかったスティーブの身体。

——あまりにも迂闊で愚かな己の行動に吐き気がした。

スティーブは最初からポークの操り人形だったんだ。

何故気づかなかった？　俺はあそこで彼女の監視方法を察するべきだった。後頭部に手刀を当てて彼が気絶しなかったのも、彼の肌がゴムのような感触を有しているのも、彼が既にゾンビ化しているのなら説明できる。

こんな時に限って思考が高速で回った。次なる絶望が心臓を締め付ける。

――ポークの操る死体の一部は自動運転型と呼ばれ、感覚を共有した上で様々な命令を聞くことができる。そして、自動運転型の悪辣な運用方法として、死体の生前の思考や記憶を反映させ、生者に偽装させた状態で操作することすら可能というものがあって――

そんなポークの能力を思い出して、俺はスティーブの眼球に釘付けになった。

火の海になった街の中、熱気に当てられて異常に脱水した瞳。潤いが全く感じられず、乾燥によって結膜の部分が不気味に波打っていた。

ここから見られている。リアルタイムで共有されている。

この動揺すら、ゾンビの主であるポークに全て筒抜けなのか。

どうしてこんな事態に陥った。俺は言葉に詰まった。思考が空回りして、汗が引いていったはずの全身が再び熱くなる。

こんなの、どうすれば。

墓穴を掘った。最悪のボロが出た。

目の前の救いを求めすぎて、しかも欲を出そうとして、更なる深みへと嵌まっていた。

ポークからしてみれば、逃走を図ったと思われても仕方ない致命的なミスだ。

自分の身ひとつ守れないくせに他人を半端に守ろうとして、俺は何がしたかったんだ？

——こんなの、もう、完全な詰みではないか。

「……なぁスティーブ」

「……何だい？」

「俺、頭がおかしくなっちまったみたいだ……」

「はぁ？」

スティーブを今まさに殺そうかという寸前、突然沸き立ってきた危険な衝動に任せて額を地面に叩きつけた。

一度では足りない。二度、三度、血が噴き出すまで強打した。渾身の力で以て上半身を躍動させる。

「お、おい！　何やってるんだオクリー!?」

頭蓋が砕け散る音が脳内に響く。

破片が柔らかい部分に突き刺さっていく。視界に火花が弾け、籠った声があちこちに反響している。

（俺は、何てことを——）

状況を整理しよう——そんな自分自身の声が脳内に溶け込んでくる。ふと冷静な思考に戻ると、全身に鳥肌が立った。

数々のやらかし。いや、そんな可愛い言葉では済まされぬ数多の愚行。後悔すればキリはないが、追い詰められた人間特有のどうしようもない短絡的な行動が脳裏を過ぎった。

（はは、何やってんだよ俺。セーブ地点からもう一回ロードして……あぁ……どうやってやり直すんだっけ？　……あれ？　……思考が支離滅裂で全然纏まらない……俺は何をしようとしてるんだ……？）

錯乱した思考回路でも分かるくらい、明らかに心が弱っていた。

俺に共感してくれる教徒のスティーブが現れて、ついに主人公という救いが見えてきて、いよいよ救われるって思って。そこに真っ直ぐ走っていった結果、完全な詰みに至るまで自分の状況を客観視できなかった。

しかし、何故俺は真っ直ぐに目的地を目指したのだろう？

ポークに監視されていると言われたのに、何故安全を第一に考えなかったのだろう？

今日のやらかしだけを思い返しても墓穴を掘りまくっている。全身を抉るような後悔がぐるぐると駆け巡り、地面に投げ出した四肢が痙攣し始める。

起き上がったスティーブが何かを言っているが、何も聞こえない。

（あ……あ、や、ヤバい。身体がおかしい。寒気が止まらない。変だ。胸が苦しい。目が見えない。耳が聞こえない。呼吸ができない。クソ、これ、ダメなやつだ――）

噎せ返る死臭を毎日のように浴び、現代日本で味わうことのなかった莫大なストレスに曝され、選択を誤れば無慈悲な死が襲いかかってくる極限状態に立たされ、そもそも俺の精神は限界寸前だったと言ってもいいだろう。

原作が——などと言って度々現実逃避のように戯言を繰り返してきたのは、一種の防衛反応だったのかもしれない。だが、いよいよ分かりやすく詰みの状況にぶち当たったのを本能的に理解してしまったためか、身体のあちこちがおかしい。あらゆる失敗を忘れ去るため、発狂して楽になろうとしているのかもしれない。

一貫性のない中途半端な言動。

願望混じりの考え。

いまいち不完全な保身。

プレイヤー気分。

——俺だけ実感も覚悟も足りていなかった。

だからここまで追い詰められた。

(……実感? 覚悟? 何だよそれ。ここは『原作』を模した世界なんだ。キャラクター達が物語の筋書き通りに行動してくれるんだ!! 俺じゃこの世界はどうにもできねぇ!! だから主人公を救って、後のことを全て任せる必要があった!!)

現実から逃げようとする人格が分裂し、もうひとつの冷静な人格とぶつかり合う。

現実逃避しようとする人格は叫ぶ。突然こんな世界に放り出されたら、誰だってこうなっていたはずだ、と。

原作主人公は、都合の良いヒーロー像だった。登場人物がどれだけどん底に居ても、凄まじい力で障害を打ち払い救ってくれる。世界を救済に導いてくれる。今の俺の状況だって、彼がいれば何とかなると思い込んでいたから、彼の確実な救済に執着したのだ。

原作主人公は、プレイヤーである俺にとっての『神様』だった。俺と違って、力を持つことを約束されているから。輝かしい未来を掴み取る確約があるから。

でも、今この瞬間、都合の良い『神様』はいない。

助けてと叫んだって、誰も来やしない。そんなことは分かっている。けど、縋りつく以外に考えられなかった。俺は圧倒的な力や精神力なんて持っていなかったから。

（い、いやだ……やめろ……現実を見たくない……！）

現実を受け入れられず、他力本願に陥ろうとしているのは、俺の弱い部分だ。もうひとつの人格が冷静に分析する。

まずはこの混乱状態から抜け出さないといけない。現実世界の俺は完全に発狂し、理性のコントロール下を離れている。自分自身に折り合いをつけなければ、この問題は解決できないだろう。

自分の最悪な部分と向き合って、受け入れなければ、きっと俺は死ぬまでこのままだ。

――今こそ、俺自身の気持ち悪い部分にメスを入れなければならない。現実世界に帰還するために。

真っ二つに分かれた人格それぞれに感情移入しながら、自分自身の恥部を紐解いていく。

思えば俺は、原作ではこういう設定なんだと蘊蓄《うんちく》を並べて傍観者ぶっていた。本当の身体は日本のどこかで眠っているんだという幻想を捨て切れなくて、俺は日本の穏やかな暮らしに戻れることをいつまでも夢に見ていたのかもしれない。

温かいご飯、安心できる寝床、確保されたプライベート、清潔な環境、充実した娯楽……それらを帰ったら味わおうと無意識のうちに考えてしまっていた。

頭の中の言い訳ばかりが上手くなって、現実を見ようとしなかったのだ。目の前の小さいトラブルを解消することだけを考えて、大局を見ていなかった。

(嫌だ……できない!!　こんな世界で生きたくない!!　世界の行く末も、俺の運命も、全部主人公に丸投げしたい!!　もう限界だったんだ、これ以上頑張れないよ!!)

痛烈すぎる自問自答に、もうひとつの人格が悲鳴を上げる。その拒絶感も俺自身が感じているものだ。全ての言葉が心の柔らかい部分に突き刺さっていた。

心臓が跳ね回って、涙で視界が歪んでいる。全身に震えが走り、痙攣した喉奥から嘔吐物が撒き散らされる。ぼやけた視界の中、スティーブが俺の額に特製の回復薬を無理矢理塗り付けてきた。

死ぬことさえ許されない。ポークに反逆行為が知られてしまった以上、俺は拘束されて尋問されることになるだろう。主人公の救出に失敗した今、俺はどのルートに向かっているのだろうか。

いや、ルートという概念はこの世界がゲームだった頃に存在したもので、無数の結末は制作側が用意したものだ。この世界に筋書きを決める神様はいない。俺達が全部決めていくしかないのだ。

この世界にモブはいない。地位や名誉のある人間に比べれば影響力は小さいかもしれないが、多少なら世界を動かすことができる。現に俺はヨアンヌやファンキロ、ポーク達と接触して、少なからず影響を及ぼしているではないか。

ゲームなら『モブ』が筋書きに干渉することなんて無かっただろうが、ここは現実だ。どうしようもなく、みんな生きている。

原作テキストの外では、誰もが予想通りに動いてくれるとは限らない。ヨアンヌやファンキロと関わって、俺はその事実を嫌というほど知っていたはずだ。

俺の言う『主人公』だって、俺の意図なんて一切無視して好き勝手に動き回っていただろう。そういう意味でも、俺達が原作のどのルートに突入するかは全く予想できないのだ。

結局、未来を変えるのは自分しかいないということか。

（……でも……原作主人公を救えば何とかなるはずだ……）

俺の内側に残留する残り滓が悲鳴を上げる。だが、俺はこの言葉を否定できる材料を持ち合わせている。

――原作主人公は、正教の兵士になるまでは極々一般的な人間だった。悲惨な目に遭ったからこそ、狂気的な精神力を以て英雄へと変貌したのだ。

つまり、俺のような普通の人間でも、やろうと思えば彼のようになれるはずなのだ。

――その『覚悟』さえあれば。

それに、原作主人公という英雄の誕生を期待するなら、彼には敢えて地獄を見てもらう必要があったはずだ。家族友人を皆殺しにされ、故郷を邪教徒に焼き払われ、狂気とも言える復讐心に燃やされなければ、英雄は孵らない。

確かに彼を確実に救い出すのも手だが、俺の正体は邪教徒だ。そんな俺が彼を救ってしまえば、彼の認知に濁りが生じてしまうだろう。

彼にとっての『アーロス寺院教団』は絶対悪――絶対に駆逐すべき存在として認識してもらわなければならない。邪教徒の中にも良いヤツがいる、なんて考えが芽生えてしまったら、どんな歪みが生じるか分からないからだ。

これはこれで残酷な決断だ。しかし、下手に手を出すのはもっと悪手だった。今後の世界のことを考えるならば、俺の中途半端な企みは阻止されて良かったのかもしれない。

……いや。本当は、心のどこかで理解はしていたのかもな。目も当てられない虐殺を目の前にして良心が生まれたんだ。誰かを助けて――それも英雄候補の子供を助けて――心理的に救われた気分になりたかったんだよ。

（…………）

己の矛盾を詳《つまび》らかにしていく。

恐怖で踏み出せなかった現実に、一歩一歩近づいていく。

自分の弱い部分を理解することが、こんなにも最低最悪な気分だとは思わなかった。

弱い自分はここで殺し切る。現実に立ち返るため、俺は更なる思考を積み重ねた。

何度でも言おう。俺達の突き進む未来は、大団円の正史ルートとは限らない。

俺は原作主人公さえ助ければ正史ルートが待っていると信じていたわけだが、何かが拗れて主人公闇堕ちルートや正教全滅ルート――記憶にすら残らない『ゲームオーバー』の世界に辿り着く可能性だって否定できないはずだ。

その場合はどうする。原作主人公の救済が期待できないどころか、強大な敵が一人増えてしまうではないか。

本当に掴み取りたい未来があるのなら、他人任せにはできない。帰するところ、自分の運命は自分自身の手によって切り開く他ないのだ。

世界が原作の外に逸れていくのが恐ろしくて、俺は行動を起こせなかった。

未知を嫌い、ゲームの世界が現実へ侵食してくることを受け入れたくなかった。

他人が作る流れに身を任せようとして、こんな最悪の状況になるまで自分を顧みることができなかった。

見知った土地で、見知った人物に囲まれ、既視感と安心感に満ちた結末を迎えたかったのは分かる。でも、俺が知っているのは、ゲームの結末。つまり日本で経験した『過去』だ。

この世界はゲームじゃない。現実だ。誰も未来のことを知らない。画面の外で世界を変えてくれるプレイヤーも、クリックひとつで世界を変えられる便利な機能も存在しない。

いい加減目を覚ますべきだ。

(俺は……夢を見ていたい。この現実で生きたくないんだ……)

俺自身の弱い部分が勢いを失っていく。

もう終わりにしよう。

現実を生きるんだ。俺自身の手で変えるんだ。

(……俺は頑張れないよ。この世界は……俺には辛すぎる)

この期に及んで及び腰か。

(人が死んでる)

あぁ、数え切れない程死んでいる。

(虫けらみたいに死んでる)

ゴミ同然にな。俺もこれから死ぬだろう。

(嘘だ。俺が死ぬわけない。きっと誰かが助けに来てくれる。あ、ほら、ヨアンヌ。あいつは

俺のことが好きだ。どうにか助けてくれるって、ヒーローみたいに）

ヨアンヌは確かに俺のことを好いているだろうが、アーロス寺院教団幹部の使命を何よりも優先するだろう。教祖より俺を優先しているなら、この作戦中だって俺にベッタリなはずだ。

でも、そうじゃない。

あの子の愛は重いかもしれないが、案外その程度だ。知ってるだろ、幹部連中は皆アーロス様第一だって。

（……死にたい）

なら死んでみるか？

夢は醒めない。人生が終わるだけだ。

（……俺はどうすればいいんだ？）

考えるんだよ。この現実世界を攻略しろ。

もう他人任せではいられない。

お前の大好きな原作のテキストじゃ、主人公は一般人だと散々繰り返されてきただろう。

誰でも主人公になれるはずなんだ。こんな愚かな人間だって、変われるはずなんだ。

救いを求めてばかりの弱い人間はずっとそのままだ。

強い人間は自ら救いを掴み取り、未来を変えていく。

（この状況から逆転できるのか？）

できるのか、じゃない。

やるんだよ。やるしかない。

ここはそういう世界なんだ。

――だからさ。

覚悟、決められるか？

（……このまま発狂してた方が楽だったたって、きっと後悔することになるぞ……）

分かってる。この世界は最悪だ。

でも、きっと、楽な人生なんてどこにも存在しない。

主人公に役割を押し付けることはできない。

英雄の役割を誰かが肩代わりしてくれるなんて考えるな。

求める未来は己の手で掴み取れ。

（……進むも地獄、退くも地獄、か。――あぁ、分かったよ、俺。いいぜ、死ぬまでとことんやってやろうじゃねえか……！）

その言葉を最後に、分裂した人格が諦めの境地に至る。

もう一人の俺は、立ちはだかる現実を呑み込んだ。全てを投げ出して自我を放棄することをやめ、己の手で現実を切り開くことを選択したのである。

束の間の分裂の後、融合。自分自身の恥部――目を背けたくなるような悍《おぞ》ましい部分が還ってくる。

今更手遅れかもしれないが、やっと、この理不尽な世界に本当の意味で反抗する気持ちが湧いてきた。

本当に、遅すぎるくらいだ。

もっと早く気づいていれば良かったんだけど……こんな俺じゃ、仕方ない。

むしろ、生きてるうちに分かってよかったじゃないか。

まだ間に合うかもしれないんだから。

望む未来を作り出すため、俺は現実に抗うことを決意する。

俺の全身に、悲壮な覚悟が満ち足りていく。

…………。

……。


「――――！　――リー！　オクリー！」

目を覚ますと、俺は両手両足を縛られて街の広場に転がされていた。

「突然暴れ出すから驚いたよ。君らしくもない」

「…………」

額からは大量の血が流れており、傷の存在を自覚した瞬間鋭く痛み始める。その痛みが泣きたくなるくらいの悲惨な現実を教えてくれた。

「縄を解いてくれないか、スティーブ」

「断る。ポーク様が来るまでじっとしていてくれ」

やはりスティーブとポークには精神的な繋がりがあるのだろう。

瞬きひとつしないスティーブは、火の海となったメタシムの街を一望していた。

俺とスティーブの仲は決定的に引き裂かれてしまった。彼の態度は一段と冷たくなっている。

俺と友情を育んでいた人格は、ポークによって指示された『生前の記憶と思考』を引き継いだ行動のひとつに過ぎない。

元々、本当の友情なんてものは無かったんだろう。出会った時点で彼は死体だったのだから。

それでも、折れそうになっていた俺の心を支えてくれたのは間違いない。夢の景色を一緒に見に行こうと言われて心を動かされたのも本当だ。

それこそがポークの狙いだったんだろう。彼女はゾンビを使って俺の心の弱い部分を突き、ボロが出るのを待っていた。それだけだ。

スティーブ本来の魂はもう存在しないかもしれないが、俺は彼に感謝の言葉を伝えた。

「特製の調合薬のおかげで大分楽になった。ありがとう、スティーブ」

「…………」

「俺、夢を見たよ。死ぬほどきっつい夢だったけど……そのお陰で人生の目標が定まった」

「……よく分からないな」

この宣言はポークにも届いているだろうか。

俺は決めたのだ。俺自身がこの世界を変えてやると。そして、スティーブの尊厳を踏み躙《にじ》ったお前らを絶対に許さないと。

覚悟する前と状況は変化していない。それどころか悪化している。

俺の身体はポークに引き渡され、恐らくファンキロによる尋問なり拷問なりを受けることになるだろう。生き残る確率より死ぬ確率の方が高いはずだ。でも、逃げ惑いながら死ぬより、立ち向かって死んでいく方が随分と気は楽だった。

メタシムの街が燃えている。

程なくして、街は邪教徒に支配されていく。

しばらくするとポークが俺の隣に軽やかに着地して、肩をポンポンと叩いてきた。

「まさかこんな大事になるなんてね。さて、拠点に帰ってゆっくり話し合おうじゃないか」

ポークは目を細めながら唇を歪ませる。

彼女が指を鳴らすと同時にスティーブは崩れ落ち、二度と動かなくなった。

燃え盛る街の中に放置された彼の行方は分からない。

# 十二章　狂人の抜け道

メタシム地方唯一の街が陥落し、ポークに操られた死体が廃墟の街を管理するようになって数日。

教祖アーロスと多くの教徒達がメタシムの改造を行っている間、俺は古城拠点に連れ戻されて厳重に拘束されていた。帰還に費やした期間を抜けば、丸一日尋問室に閉じ込められたことになる。

その間はヨアンヌが甲斐甲斐しくご飯を食べさせてくれたり、話し相手になってくれたりしたわけだが、彼女にしてはどこか余所余所しい態度であった。

「……なぁオクリー、メタシムの街で教団への裏切り行為を働いたって本当なのかよ？　アタシにはどうも信じられないんだ」

「…………」

「ポークの勘違いだよな？　な？」

下手な発言はしない。ヨアンヌは隠し事が下手くそで、相手に探りを入れられるような器用さを持ち合わせていないが、何らかの情報を聞き出すよう頼まれているかもしれないし。

「……ダンマリかよ。アタシにだけは本当のことを言ってほしかったんだけどな……」

少女は翡翠の瞳に寂しげな光を灯して、俺の首に提げられたペンダントに視線を移す。

「またな」

ヨアンヌは短く言い残すと、厚底ブーツを鳴らしながら尋問室を出ていった。

そんなヨアンヌと入れ替わりで入ってきたのは、褐色肌に白髪の美女ファンキロと男装の麗人ポーク。見てくれだけは良い女達に囲まれた俺は、この数日間考え続けたプランを脳内で反芻し続けていた。

（遂に始まる。俺の命運を分けるファンキロの尋問が……）

二つの足音が俺の間近で止まると、ポークの白く細い手に無理矢理顔を上げさせられる。

両名共険しい表情をしており、何故かその目には失望の色が見えた。

「やあやあオクリー。数日ぶりだね」

「……お久しぶりです」

半信半疑ながら以前と同じように俺と接してくれたヨアンヌと違って、ファンキロとポーク――特に後者――は俺をどのように処刑しようかを考え始めているように見えた。

「ヨアンヌは何て言ってたのかな？」

「……信じられない、と」

「そう。気に入られてるんだね」

嗜虐的な笑みを浮かべたポークは、指の腹で喉仏を撫でるようにして俺を弄ぶ。

俺はこの状況を切り抜けなくちゃいけない。さもなくば本当の死がやってくる。もしくは、死ぬよりも辛い経験をさせられることになるだろう。

（ここは現実だ。失敗の尻拭いをするのは俺だ。救済を与えてくれる都合の良い主人公はいない。この世界で『自分だけは大丈夫』なんて甘えは通用しないんだ……）

生唾を呑み込み、決意したように眼球に力を込めた。ポークは俺の顎を撫でながら語り出す。その手には苛立ちによる妙な力強さが宿っていた。

「オクリー・マーキュリー。メタシムの街で君の裏切り行為を体験した時は本当に残念だったよ。熱心な教徒だと聞いて将来を期待していたのに、君は同胞を攻撃する裏切り行為を働いた。しかも自傷行為に走ったかと思えば発狂……ははっ、君は一体何をしたかったんだい？」

侮蔑を込めた嘲笑。彼女に言われて改めて思い知る。

（本当に、何をしたかったんだろうな……）

……一度状況を整理しよう。

メタシムの戦いにて、俺はポークの操り人形であるスティーブを攻撃した。

彼に情が移っていた俺はスティーブを殺すこともできず、かと言って邪教徒になりきることもできず、迂闊さ故にポークの発言の真意を探ることもできず、自ら詰みの中に入っていった。

スティーブを介してポークに全てを目撃されていた俺は、己の置かれた状況の深刻さに絶望して発狂。ようやく正気を取り戻した頃には、メタシム地方への侵攻が全て完了していた。

思い返せば、あの時の行動は一貫性に欠ける上に整合性が取れておらず、『狂人の異常行動』と片付けられてもおかしくない。低次元のやらかしを重ねているし、本当に最低最悪だった。

前々からスティーブの正体に気づくことは難しかったとしても、ポークの監視発言を鑑みて己の身を守ることにリソースを割いていればこんな状況には陥らなかった。客観視すればするほど、怒りを通り越して情けなさと惨めさが心を抉った。

ポークは俺の顎を放り投げるようにして突き放す。椅子の背もたれに後頭部が叩きつけられて声が出た。

俺へのぞんざいな扱いを気にもせず、ポークから全てを聞いているであろうファンキロは、これから始まる尋問に向けて改めて己の能力の説明を始めた。

「ワタシの魔法は嘘を見抜いた相手を呪い殺す能力よ。この前たんと味わったから、この力の凄さは覚えてるでしょ？」

発言の意図は当然、強力な能力を誇示することによって「嘘をついても無駄だ」と脅しをかけているという一点に集約されるのだが、この発言だけでは能力の説明が不充分だ。

実際の能力にはもう少し細やかな制約がかけられていたはずである。

俺の認識が正しければ、ファンキロの魔法は『相手の顔・氏名・年齢』を知っている時、半径二メートル以内で自身に対して虚偽の発言をした者を呪死させる『呪い』だ。また、鎖に繋がれた瞬間、対象者は質問に答えるまで自力で鎖を解くことはできないという付与効果もあったと記憶している。

戦闘向きではないが、便利で厄介な力だとは思う。

どのようにして彼女の魔法から逃れようかと考えていると、ファンキロが最後の雑談とばかりに過去の話を持ち出してきた。

「オクリー君、ワタシだって本当はこんなことしたくないのよ？　君の熱心さはみんなよく分かっているもの」

「……？」

「あら、毎朝『教祖様最高』と叫んで皆のモチベーションを上げてくれたじゃない。あれだけ熱心な教徒はそうそう居ないわよ」

「………」

俺の定期的なストレス発散、バッチリ聞かれてたのかよ。

どんだけ俺の声デカかったんだ？　追い打ちで最悪な気分だ……。

「だから、ワタシ達はこの一件が勘違いであることを切に願っているわ」

感情の抜け落ちた表情で語るファンキロ。絶対にそんなこと思ってないだろうな、とぼんやり思う。彼女は俺を殺したがっている。隠す気もない。

ポークに目を向けると、軽く肩を竦められる。

「ファンキロはともかく、ボクは本当に期待してたんだよ。キミの監視だって、教団内部を見張るために転がしていた人形の一体だった。奪還作戦までなら本当に模範的教徒だったのも知ってる。その分、怒りも倍増って感じだけどね」

ポークからの評価を初めて耳にして驚いたのも束の間、ファンキロが俺に向かって手を突き出してくる。

それは魔法発動の合図。息をつく暇もなく、『呪い』による断罪が始まった。

閉塞したこの場において最凶の能力が牙を剝く。薄暗い尋問室の闇が蠢いたかと思うと、ファンキロの能力の核となる『鎖』が飛び出してくる。四方八方から意志を持っているかの如く巻き付いてきた鎖は、俺の首をきつく締め付けた。

この鎖に繫がれた時、文字通りファンキロの指先ひとつで生死が決定する。どんな迂闊な発言をしても呪死が与えられるだろう。

俺はファンキロとの二度目の対決に心を奮い起こし、彼女の一言一句に耳を澄ませた。

「――質問に答えなさい、オクリー・マーキュリー。何故味方を攻撃したの？　虚偽の発言をしたら殺す。一〇秒以内に答えなくても殺す」

術者《ファンキロ》が条件指定したことにより、巨大な時計が目と鼻の先に顕現する。

当然ながら、以前とは本気度が全く違っていた。

――『鎖』で拘束した者に対しての制限時間指定だ。ファンキロは鎖に繫いだ者に対して無敵の強さを誇っており、この条件指定もその一環である。

指定した時間内に質問に答えられなければ、問答無用で死が与えられる。それも、時計の秒針が一〇回進むだけで。

無慈悲に時計の針が進み、残り七秒。俺は事前に用意していた答えを絞り出した。

「目的がありました。子供を探したかったのです」

「…………」

時計の針が止まる。鎖は動かない。

ファンキロとポークは目を合わせて首を傾げた。裏切りを自白するかと思っていたのだろう、拍子抜けした様子だ。

「ファンキロ、反応は？」

「……この発言は真実みたいね」

あぁ、そうだ。嘘じゃない。俺は子供を助けたかった。主人公になるはずだった普通の少年。邪教を滅ぼすに足る覚悟と精神力の持ち主。

あの時、主人公の幼馴染の焼死体を発見して、やはり彼はこの街にいるのだ、助けないといけないと思った。彼を助けて、俺も助かりたかった。楽になりたかった。全ての悪を滅ぼす役目を押し付けたかった。だからスティーブを攻撃した。

「……その子供に拘《こだわ》った理由を洗いざらい全て教えなさい。それこそが教団を裏切る理由になったはずよ」

ファンキロが俺の言葉を掘り下げる。再び時計が顕現し、制限時間が設けられる。

その質問を待っていた。俺は小さく息を吸い込んで、勢いのままに喋り出した。

「……私が探していたのは『アルフィー』という子供です。実は私、あの街で『アルフィー』として過ごしてきた記憶がありまして……ある意味もう一人の私がそこにいたと言っていいでしょう。とにかく、彼に会いたかったのです」

「……はぁ？」

原作主人公の名前はアルフィー・ジャッジメント。俺はその名前を覚えている。俺が窮地に立たされているのは、彼に会うべく起こした行動の結果を目撃されたからだ。

「お聞きくださいファンキロ様。私が彼に会っていれば、結果的に正教の弱体化に繋がったかもしれないのです。確かにスティーブを攻撃したのは裏切り行為に間違いありません。しかし、この先の未来までを俯瞰して見た時、私の行為は英断として讃えられるはずだったのです」

「なあファンキロ、この子は何を言っているんだ？」

「………………」

「でも、寸前で思い留まりました。スティーブは私の友人です。殺すのを躊躇い葛藤しました。そこで何とか正気に戻ったというわけです」

傍から見れば、突然意味不明な妄言を喋り出したように見えるだろう。

だが、それこそが俺の狙い。

世迷言を繰り返す俺に呆れたような反応のポークに対して、ファンキロの凍りついたような反応が答えだった。

「頭ぶつけ過ぎておかしくなったのかい？　そもそもね、子供の頃の記憶は教団の教育の過程で――ちょっとファンキロ、どうしたの？」

「……ま、待ちなさい。どういうこと？　何故鎖が反応しないの……!?」

秒針を刻んでいた時計が弾ける。鎖が俺を解放する。全て『真実』だった。

俺の全ての言葉を聞き終わって、ファンキロは白髪を掻いて混乱していた。ポークはその様子を見て置いてきぼりにされていた。

そうだろう。ファンキロは動揺するはずだ。俺の発言に何一つとして虚言が含まれていないのだから。

ファンキロが確かめたいのは俺がスティーブを攻撃した理由だ。しかし、彼女の能力は俺の言葉の真偽を判定し続けていた。

であれば、余計な情報を開示された上、その余計な話の全てが真実と理解できてしまったらファンキロはどう思うだろうか。

きっとファンキロは激しく困惑するだろう。だから先読みして余計な言葉を付け加えてやることにしたのだ。

『俺にはアルフィーという少年の記憶がある』

『彼はもう一人の自分のようなものである』

『俺が彼に会っていれば、結果的に正教の弱体化に繋がったかもしれない』

『俺の行為は英断として讃えられるはずだった』

『スティーブは友人で殺すのを躊躇った』

『正気に戻った』

これらの余計な情報は、俺が真実だと思っていることだ。

原作プレイヤーの一人だった俺にメタシムの街の記憶があるのは当然である。ある意味で、あの街にもう一人の自分がいたという発言も本当と言えるだろう。

三つ目の発言に関しても何ら嘘ではない。アルフィー・ジャッジメントは悲惨な目に遭ったからこそ英雄になれた。

悲惨な過去をバネにして強くなる主人公が邪教徒の俺に救われてみろ。……邪教徒絶対殺すマンである彼の覚悟は揺らぎ、英雄として孵らなくなってしまうかもしれない。

そうして主人公が覚醒しなかった時、俺の行為は結果的にアーロス寺院教団へ莫大な利益を齎すことになるだろう。

したがって、これも真実。俺は何一つ嘘なんてついていないのだ。

そして、そんな俺を見てファンキロはどう思うだろうか？

訳の分からぬ設定を撒き散らす狂人にしか見えないはずだ。

一言一句を判定する彼女の能力が仇となる。一見意味不明な情報が真であると証明されてしまえば、彼女の能力の特性上無視できない推察が浮かび上がってくる。なまじ直接の実感として捉えられてしまうだけに、ファンキロはその疑惑を確信するだろう。

聡明なファンキロは、赤の他人として過ごしてきた記憶があるなどと意味不明な真実を口走る俺に対してこんなレッテルを貼り付ける。


――オクリー・マーキュリーは異常者である。

それ故に、虚実を見抜く能力が上手く作用しないのだ――と。


彼女の能力には、準備に時間がかかる以外にも明確な弱点が存在する。

ファンキロの魔法の弱点とは、認知の歪んだ異常者に対して能力が使えないことだ。

対象者が真実だと思い込んでいることを『嘘』だと断定できない。客観的な事実ではなく、主観的な受け答えに依存した能力故に存在する弱点。聡い彼女はそれを自覚しているはずだ。

そして、その弱点に関する勘違いと、俺の前世の記憶が完璧に融合した時、俺の救いの道は開かれた。

この二つの要素を捏《こ》ねくり回して、上手く狂人のフリをする。ファンキロの魔法を利用して、俺の行動と過失の真意を煙に巻く。それが唯一の生存ルートだったのだ。

俺しか持っていない知識がある。誰も知らない数々の未来を見てきた記憶がある。どれだけ身体能力や異能魔法に優れていようと、彼女達は世界の裏側を知らない。その点だけは明確に彼女達と異なっていた。

「ファンキロ、彼は煙に巻こうとしているんだよ。惑わされるな」

「違う。惑わされてない。全部の発言が彼の中では真実なのよ」

ポークはファンキロの発言を聞いて、さっと顔色を変えた。

「まさか」

「そのまさかよ。ワタシの能力の弱点は発動条件を満たすまで手間がかかることと、狂人に能力が適応できないこと。対象者が真実だと思い込んでいることに対しても、ワタシの鎖は『真実』と判断を下すのよ……」

気まずそうに顔を歪めるファンキロ。彼女は俺を睨みつけてくる。ふと視線を逸らしたかと思うと、彼女は具現化させていた闇のオーラを引っ込めた。

「この男は元々狂っていた。だから客観的事実以外は何も分からない。ワタシの手に負える人間じゃないみたいね……」

彼女達の解釈は定まった。

スティーブ攻撃の理由は、とある子供に会いたかったから。

とある子供に会う理由は、教団の未来のため。

しかし、寸前で仲間殺しを思い留まった。

……疑惑には辿りつけても、彼女達にしてみれば意味不明な真実が多すぎて俺を裁くことはできなかったのだ。

(やってることはハチャメチャだが……ギリギリ何とかなったみたいだな……)

偶然と必然に助けられて、俺は幹部二人を騙して生き残ることに成功した。

真実は闇の中に消え、スティーブを攻撃した狂人がいるという客観的事実のみが残留する。

ファンキロとしても、これ以上の追及は難しいようだった。

「彼のこれまでの発言は全て信用できなくなったわね。ワタシの鎖も使い物にならない」

「ふざけるな。彼が狂人だからってボクが納得できるとでも？　彼はボクの自動型を攻撃したんだぞ？　そして、ボクはそれを追体験した。もう一度尋問するんだ」

「ポーク。残念ながらこの教団には頭のおかしな狂信者が沢山いる。注目していた教徒が偶然物狂いだっただけの話なのよ」

彼女達は俺の怪しい行動を目撃したが、前世における『原作』の筋書きや知識を持っているわけではない。二人は俺の中にある『第二の真実』なんて知らないし、傍から見ればどこからどう見ても物狂いか狂信者にしか思えないわけだ。

スティーブへの攻撃の意図を『裏切り行為』から『狂人の善行』へとすり替える。それはそれで処遇が厳しくなることは間違いないのだが、狂った教徒の行先は再教育か他支部への異動の二択であり、つまり生き残ることはできるわけだ。

「ファンキロが殺さないなら、いっそボクが殺してしまおうか」

「……オクリーがただの雑魚ならさっさと殺して肉団子にしてるわよ。でも彼、ヨアンヌとアーロス様のお気に入りでしょ？　実績もないわけじゃない。もっと決定的な何かが見つからない限りは手を出しにくいわ。オクリーが攻撃したのがポークの自動型だったお陰で、人的被害はゼロに等しいわけだしね……」

彼女達の会話を聞いて、更なる偶然に助けられていたことに気づく。ヨアンヌのお気に入りであったことに加え、朝のストレス発散によってアーロスに認知されていたことが地味に効いていたのだ。

一糸纏わぬヨアンヌにローブを差し出していなければ、今ここに俺はいない。幹部の力に屈する形で死んでいた。

何ということだろう。偶然が俺を救ったのだ。

恐らく次はない。……否、確実に。

「作戦中に自動型を攻撃するというのは問題だろう。彼なりに教団に貢献しようとしていたみたいだけど、何もなしじゃ示しがつかないよ」

「そこに関しては対処が必要ね。でも彼は正教幹部セレスティアとの戦いから二度も生還しているのよ。人格の再構築をするには惜しい人材であるのも確かじゃない？」

「……戦力的に見れば、大事に育てたい男なのは否定できないね。一般兵が正教幹部との戦いで二度も生還した例はないし……」

「ポークの死体がフル稼働してるとはいえ、今は工場が動いてないせいで人手不足の時期よ。彼の実績と未来に免じて、ここは寛大な処分が必要になってくるんじゃないかしら」

「う～ん、こんな人間でも使い道はあるか」

「ええ。……悪運の強い男ね」

そんな話をしながら二人は部屋を退出していく。俺は彼女達の気配が完全に消えるのを待ってから、深い深い溜め息を吐いた。

皮肉だ。俺の整合性の無さによって引き起こされた一連の流れは、その原因である前世の記憶によって収束した形になる。

……本当に、皮肉な話だ。俺は俺が大嫌いな要素に助けられた。ずっと縋り続けていた『原作』とやらに助けられたのだ。

忸怩たる痛烈な感情が心を蝕む。精神をすり減らしすぎたせいか、脱力してがっくりと項垂れてしまう。絶体絶命を乗り越えたはずなのに、全くと言っていいほど気分が晴れなかった。

俺はゆっくりと瞼を落とし、泥のように眠るのだった。

# 十三章　育成方針はしっかりと

ファンキロとポークによる尋問及び裁定が終了した直後、二人から報告を受けたアーロスは、その内容の不可解さに首を傾げた。

気にかけていた部下に関する話題だ。アーロスはファンキロとポークを労りつつ、彼の安否を気にする素振りを見せる。詳細な報告を受けて事態の全容を把握して、彼はやっと浮かせていた腰を落ち着けた。

『それはまた難しいことになりましたね』

「彼の発言は意味不明で我々の理解の及ばないものでした。しかしこれまでの行動を鑑みるに、アーロス様に対する忠誠心だけは本物のようです。……今回の騒動を一言で表すなら、狂信者の暴走といった言葉が適切でしょうね」

『……彼をこのままにしておくのは少々よろしくありませんね』

アーロスの言葉に同調したポークは、オクリーの処遇について意見を求めた。

「彼はボクの手駒を攻撃しました。今回は運良く被害ゼロで済みましたが、次がどうなるかは分かりません。何の処分も無しでは不和が生じてしまいますよ」

「ポークの言う通りです。……アーロス様、彼の処分はどのように致しますか？」

邪教の頭目は僅かに逡巡する。オクリー・マーキュリーは使い潰すには勿体ない人材だ。無個性に育て上げた教徒とは一線を画している。

アーロスは思案した。ここまで自分の関心を集める教徒というのも珍しい。どのように扱ったものか。選択肢としては再教育か異動の二つだろう。

再教育とは個性を潰して人格を平均化する行為であり、精神を全く別のものに作り替えてしまう最終手段だ。

これはアーロスの直感になるが、オクリーには言語化できない魅力があると思った。今の人格を潰して有象無象と一緒にしてしまうくらいなら、短所のみを矯正して育成した方が余程魅力的な教徒になるだろう、とも考えた。

実質的に再教育の線は無いに等しい。アーロスは密かにオクリーの成長を楽しみにしていたため、処分方法は僻地への左遷で決定した。

（恐らくオクリー君の短所は精神の不安定さから来るものでしょう。教祖という拠り所に比重を置きすぎているため、周囲が見えなくなる盲目状態に陥ってしまったのです。……彼はヨアンヌと仲良くやっているようですし、彼女の補佐を続けて関係性が進展すれば、視野も広がり短所は矯正されていくでしょう）

アーロスはオクリーの過失の原因を見抜いた上で、彼の短所はヨアンヌという存在で解消できるだろうと結論づける。

〈護るべき者、大切な者……それらを得た時、人は大きく成長します。ひとつふたつと殻を破り、見違えるほど大きくなるのです。……私の魔法や薬物を使えば短期間での人格矯正も可能ですが、予想外の悪影響が出て彼の長所が消えてしまうかもしれない。こういったことは自然の成り行きに任せるのが一番です〉

だが、オクリーの精神が不安定になった原因の一つは、ヨアンヌ・サガミクスの扱いに神経をすり減らしていたからである。教祖アーロスの考察は鋭かったが、その一点においては勘違いをしていた。

『しばらくはメタシムの後処理と復興を手伝わせます。そして準備ができ次第、辺境の〝北東支部〟で働いてもらうことにしましょう。彼への罰はそれで充分だと思います』

「ほ、北東支部ですか……」

北東支部という言葉を聞いたファンキロとポークは動揺する。

『おや、意見があるなら言ってください。参考にしましょう』

そんな彼女達に対して、なるべく威圧感を出さぬよう優しく訊いてみるアーロス。彼は部下に対して非常に寛容な方だが、ポークもファンキロも北東支部には良い印象がないため発言を躊躇ってしまう。

二人はお互いの出方を窺って視線で会話していたが、片一方のポークが勇気を振り絞って教祖に意見した。

「北東支部の環境は彼にとって厳しすぎます。特殊な環境に精神が持たなくなって再教育を受ける教徒がほとんどではありませんか。彼が再び這い上がってくることを望むのなら……異動先はどこか別の支部にした方がよろしいかと」

古城を含む一帯を教団本部拠点とするなら、北東支部拠点は遥か北の大地が擁する洞窟内に存在する。正教の拠点や街の遊撃を担当するため死者の多い過酷な支部で、先のメタシムの戦いでも陰の立役者となった重要な拠点だ。

その概要からも分かるように、北東支部は教団の中で最も過激かつ過酷な支部に当たる。

北東支部を構成する要素は、極寒の大地、武闘派揃いの幹部や支部長、戦闘三昧を楽しむ教徒達——そもそも環境に適応できるのは屈強な若者か、他国からやってきた元兵士くらいなもの。

血肉に飢えた教徒が戦いに明け暮れるための拠点が北東支部と言っても良いほどだ。

ただし、北東支部の教徒達といえども正教幹部という傑物に打ち勝てるほど強靭ではない。あくまで他支部に比べて一粒一粒が優れているだけで、選ばれし七人などの超人には全く敵わないのが常である。

それはさておき、アーロスはその極限の環境こそオクリーの成長に寄与することができるのではないかと考えたわけだ。厳しい冬と殺し合いを乗り越えてこそ、真の教徒として一皮剝けることができる。教団をより強く大きくするためにも、彼のような教徒を成長させることが重要だと思い異動先を北東支部にしたわけだ。

ポークもファンキロも、その意図はしっかりと理解していた。だからこそアーロスに反対している。

ポークはともかく、彼に微妙な印象を持つファンキロですらオクリーの北東支部行きをやんわり阻止しようと画策するほどだ。

教祖の注目を集めるオクリーという男は気に入らないが、彼が重要な戦力になりそうなのも事実──それ故に、もっと丁寧な育成方針を取るべきなのではないかとファンキロは助言した。

「アーロス様、ポークの言う通りです。確かに厳しい環境を撥《は》ね除けて成長していく者は存在しますが、彼がそうであるとは限りません。オクリー君の精神に改善の兆しが見られた後に異動させてみてはいかがですか？」

「同意見です、北東支部に送る者は心身共に健全であるべきではないでしょうか」

ファンキロの言葉にポークが付け加えると、アーロスはしゅんとしたように俯く。

多数決の形勢的には一対二で敗北である。部下二人の反対を受けて、アーロスは自身の考えと彼女達の提案を突き合わせる。

オクリーに対する処分は必ず必要だ。そうでなければ他の教徒に示しがつかない。遠方に飛ばして『教祖様のお膝元で働けない』という罰を与えなければならないのだ。

彼にとって成長の機会が見込めるのは北東支部以外にない。ただ、過酷な環境に行かせるのは時期尚早で、彼の精神をケアしてやる必要性も確かに分かる。思考を纏めたアーロスは顔を上げた。

『……良い助言をありがとう、二人共。やはりポークとファンキロを私の傍に置いて正解でした。オクリー君の異動は少し先延ばしすることにします』

ヨアンヌとオクリーの仲が進展し、彼の精神がより安定するのを待つ。彼女にメンタルケアを担当してもらい、その報告を逐一耳に入れるのだ。

そんな教祖の言葉を聞いて、ファンキロとポークは肩の荷が下りたような気分になった。

無限の可能性に満ちた青年の未来は、教団を挙げて大切に育てていかなければならない。早まった判断がされなくてよかった。彼女達は曲がりなりにも心からそう思うのだった。

# 十四章　効いたよね、早めのヨアンヌ

ファンキロの尋問から丸一日が経過した。

狂人になりきることができたとはいえ、過失は過失。ポークの所有物であるスティーブを攻撃して何のお咎めもなしとはならない。いくらか処分は軽くなるだろうが、人格を破壊される再教育を受けさせられるのが妥当だと思っていた。

命があるだけマシだと自我に別れを告げようとしていた俺だったが、下された処分は何と『異動』。しかも、俺の精神状態が落ち着くか正常に戻るまでは異動を待ってくれるらしい。

そんな軽すぎる処分を言い渡された俺は、しばらくメタシムの街の復興作業を手伝わされることになっていた。

普通、明確な裏切り行為を働き、教団に不利益を齎すような教徒に対しては、尋問の後に肉団子にされ幹部序列四位スティーラ・ベルモンドへの『胃袋行き』の処分が下されるか、人体実験の素材として使い潰される。つまり普通に死刑だ。

……だが、俺に下された罰は北東支部への左遷。人の命を何とも思わない教団にしては温情が過ぎる判断だった。

（まぁ、今の教団は人が死んでも新しく入ってくる人間がいない人材不足状態だしな……いつでも殺せる力を持ってる幹部連中からしたら、こんな俺でも使えるだけ使ってやろうって感じなのかも……）

しかし、左遷先の北東支部にはヨアンヌと別ベクトルに狂った女幹部がいる。それが今の憂《ゆう》慮《ぐ》であった。

――スティーラ・ベルモンド。幹部序列四位に位置する少女で、北東支部の管理を担当する大幹部だ。

趣味は『食人』。用済みになった人間を処理する役目も担っており、個人的にはヨアンヌと同等かそれ以上に関わりたくない幹部である。

その見た目は黒髪ドリルのゴスロリで、人形のように整った顔つきをしていると記憶しているが……前述した人肉嗜好のおかげで恐怖の対象でしかない。

ケネス正教の幹部に比べて、アーロス寺院教団の幹部は愛情表現というか性癖の終わっている人間が多い。向こうの女幹部は何やかんや可愛い奴らが多いけど、こっちの女幹部は全員まともじゃない。

ヨアンヌは四肢切断と監禁、ファンキロは行き過ぎた加虐性愛、ポークは屍姦、スティーラはカニバリズム……ゲテモノ性癖の大渋滞だ。

特にスティーラとの本番シーンは背景がずっと真っ赤だったのを覚えている。しかも何が恐ろしいかって、受け手を楽しませるゲームとして売り出す前提がある以上、ライターが過激すぎる描写を省いて自重していた節があること。

つまり、この世界で生きているスティーラのカニバリズムは、原作ゲームの狂気を少なくとも下回ることがないということだ。

本部拠点で関わってしまった四人の幹部——ヨアンヌ、ファンキロ、ポーク、アーロスに関しては仕方ない部分もあるが、他幹部との関わり合いについては今のうちに考えておいた方が良いだろう。

（北東支部マジで行きたくねぇ。もしスティーラに謁見することになっても、ヨアンヌの失敗を活かしたコミュニケーションを心がけてだな……）

もちろん、幹部は忙しい身。常に支部拠点内にいるわけではないから、エンカウントは運に左右されるんだろうけど……。

（不安だ……。数日関わっただけでヨアンヌは俺に好感を持つくらい拗らせちゃったし……もしかしたら俺、ヤンデレの子に好かれる体質なのかもしれん。スティーラからも惚れられたらマジで詰むぞ……）

仮にスティーラも拗らせてしまったら、殺しても死なないカニバリズム女と四肢切断女からどうやって逃げ切れというのだろう。

あぁ、ヨアンヌの俺に対する想いが勘違いだったら良かったのに。俺は何度目か分からぬ後悔を溜め息と一緒に吐き出した。

……まぁ、後悔ばかりしても前には進めない。幹部を上手く利用する方針は一応思い浮かんでいる。幹部に可愛がられているというメリットの美味しいところのみを吸い取ってやるのだ。

正直、解除不可能な爆弾とも言うべきヨアンヌがコントロールできるかは分からないし、何ならヨアンヌに殺される確率の方が高いような気もするが、やらない選択肢はない。

俺は死の運命に全力で立ち向かって、前向きに死ぬと決めたのだ。

気持ちを強く持て。頑張るんだ俺。

「…………」

メタシム地方に進行していた俺は、そろそろ到着の頃合いかと顔を上げる。襲撃直前、街を見下ろしていた道から、再びアルフィーの故郷を見下ろす。

寺院教団の手に落ちたメタシムの街は一変していた。

ポークの魔法により、外壁の周囲数キロメートルにわたってドーム状の棘の結界が張られ、その他にも正教徒が容易く近づけないようアーロスの認識阻害の魔法がかけられている。

一部の人間以外はメタシム地方を認識することすらできなくなり、地図にメタシム地方の名前が載っていたとしても、関連する情報は何故か人々の意識から離れていき、忘れ去られていく……。

仮にこの周辺を認知できたとしても、ポークの棘の毒によって近づくこともできない。体制は万全である。

（アーロス寺院教団幹部の能力、本当に厄介だな……）

毒々しく変貌した街の光景に一瞬足を止めてしまったが、俺はすぐに足を進めてメタシムの街へと下りていった。

街で行う作業は、瓦礫の片付けと街の再興。邪教幹部は破壊と殺戮が得意な反面、創造や修復が大変に苦手である。魔法の性質的に街の再建は不可能だったため、これだけは人力に頼る必要があった。

無心で瓦礫を片付ける作業をしていたところ、自動運転の死体を介してポークが伝言を飛ばしてくる。

『あ～、あ～、聞こえるかなオクリー？　ボクだよ、ポークだよ！』

「聞こえております」

焼死体が突然ポークの声色で喋り出したので驚いたが、何とか平静を取り繕った。そこら辺に転がっている死体が急に動き出すのを見ると、顔面に冷水をぶちまけられたような気持ちになる。

『やっぱり白骨化しなければ五感は機能するんだね。……さて、頼みたいことがあるんだけど良いかな』

「は、はぁ……」

例の一件があってからポークの能力には良い印象がない。生返事を零しつつ、俺はポークからの断れるはずもない頼み事に聞き入った。

『瓦礫の解体撤去作業が一通り終わったら、街の見回りをお願いしたいんだよね。んで、気になった点があればすぐに付近の死体に報告して欲しい』

「……何故私にそのようなことを？　支配下の死体に命じれば周囲の状況なんて一目で分かるでしょう」

『まぁそれもそうなんだけど……オクリーはしばらくメタシムの街で過ごすことになるでしょ。キミ自身に街の地理情報を把握してもらうって意味もあるから、そんなに渋らないでよ。散歩程度のお願いさ』

「なるほど、そういうことでしたら」

俺は大きな瓦礫を荷台に積み込んだ後、ポークに言われた通りに周辺の探索を始めた。

ゾンビ達が一心不乱に家屋を解体したり瓦礫を運んだりして生き生きと働いている。普通に生きている教徒も作業に当たっているが、むしろ死体達の方が活発に活動しているように思えるのは皮肉だ。

（メタシム地方の地理情報は頭の中に入っている。散歩する意味はあまりないな）

ゆっくりと歩きながら、スティーブと戦った場所に戻ってくる。

彼の死体とは再会していない。どうなったのかも分からなかった。

もしかしたらスティーブのガワは役目を終えたと判断されて、ポークの支配下から解放されどこかに放棄されてしまったのかもしれない。あの時スティーブが倒れた場所は炎の海だったから、彼の肉体は既に判別不可能なほど変わり果てていてもおかしくはなかった。

ただ、死んでからも邪教のために働かされ続けるくらいなら、スティーブの肉体は燃えて灰になっていた方がマシだと思った。

ポークの能力は、死体の記憶や人格を引き継ぎ、本人になり切って他人を欺くという操り方も可能とする。スティーブはそれを命令されていた。生前のスティーブは教団の方針に疑念を抱いていたが故に殺され、俺の前に悪辣な罠として現れたのだろう。

彼と交わした会話が教団の軽い愚痴――に聞こえるように暗喩表現を重ねた――程度で良かった。ガッツリ思想を語っていたらあの時点でアウトだっただろう。

（あいつが今も生きていたら、本当の友達になれたかもしれないのにな……）

……彼の死体と魂が、邪教の支配から解放されていることを切に願う。

たとえそれが偽物だったとしても、俺はスティーブに友情を感じていた。彼の語った夢の景色だって、本気で探してあげたいと思った。スティーブと出会ってから気分が楽になって、この状況が好転するかもしれないなんて考えたこともあった。

そんな甘い心は僅か一日でぶち壊されたわけだが。

（俺は本当に感謝してるよ、スティーブ。本当にありがとう……ごめんな……）

俺は唇の裏を噛み締めながら、屍と邪教徒が跋扈する廃墟の街を歩いた。

ごく自然なルート取りでスティーブと戦った場所を通り抜けた後、ようやく目的の場所付近に差しかかる。

俺があの時進みたかった道の先に、見間違えるはずもない——倒壊したアルフィーの家があった。

(見つけた。原作主人公アルフィー・ジャッジメントの家……)

玄関部分がしなだれかかるようにして前面に傾き、屋根の重みに耐え切れなくなって家屋が押し潰されていた。湾曲した基礎の部分は、絶望的なほど大きな力が加えられたことの証左だった。

これがアルフィーが家族と過ごしていた家だ。裕福ではなかったが、愛に溢れた家族に囲まれて育っていて……。

今は瓦礫の山。見る影もない。

俺は彼の家を素通りした。接近してすらいない。三十メートル以上遠くから、景色を見渡すフリをして一瞬視界に入れただけ。この街はポークの死体の巣窟だ。俺の行動は全て見張られていると思っていい。特定の家に執着しているところをポークに目撃されたくなかった。

筋書きが同じなら、アルフィーが戦いをやり過ごしたのは家の床下だ。そこでポークのゾンビに生きたまま内臓を食われて死んでいく両親を目撃し続け、常人には想像できない絶望を味わった。そこから彼は地下道を利用して街を脱出し、何とか生還することに成功している。

アルフィーは生き残ることができたのだろうか。あくまで結果として知りたかった。

無事だった建物の屋根によじ登り、遥か遠くにあるアルフィーの家の床を盗み見る。

（……お、見えた！　壊れかかってて分かりにくいが……）

家が倒壊すると同時に破壊されたのだろう、見る影もない床下扉の跡が微かに見えた。誰かが脱出したような擦れた煤の汚れもある。

つまり、アルフィーは床下に隠れて惨劇を回避し、俺の知る顛末と同じ流れで生き残ったということではないだろうか。

（生きてるんだな、アルフィー。……俺はもうお前に役目を押し付けないよ。お互いに頑張っていこうぜ）

嬉しさと恥ずかしさと虚しさをごちゃ混ぜにしたような、微妙な感情が湧いてくる。

俺が余計な手出しをしなくても、彼はあの地獄から生き残ってみせた。あの時の行為は本当に余計なことだったわけである。

俺はこの世界のどこかに居るであろう彼にエールを送り、毒の棘で閉じられた空を見上げた。

# 十五章　一生一緒♡エンゲージフィンガー♡

戦いが終わって五日が経過した。

メタシムの街の復興と改造作業が進んでいくと、新たなレイアウトの意味が素人なりにも掴めてきた。ここを教団の新たな拠点にすると同時に、壁の外にある畑や牧場をポークのゾンビに運営させて、農作物を教団の食料源にするつもりなのだろう。

何せ教祖アーロスゆかりの街なのだから、神殿を造ったり立派な居住区を用意したり、『聖地』として様々な機能を持たせて発展させていくものと考えられる。

今のところはポーク及び彼女の使役死体が街の運営を担当しているが、ゆくゆくは賑やかな邪教徒の街として、生きた人間達によって回っていくことになるだろう。

それまでの長い間、この街の元住人であるゾンビ達は死してなお教団の支配から逃れられないということか。捕縛された女子供に関しても、子供には洗脳教育、女には人間生産工場行きになるという処遇が待っているはずだ。得てして捕虜となった者達の行く末は凄惨そのものである。

瓦礫の掃除などが終わると、やさぐれた獣のような少女ヨアンヌがやって来たので、彼女の怪力を借りて新しい建物の建造が始まった。

正教幹部の襲撃に備えて外壁部分を補強したり、一般教徒の居住区を整備したり、地下空間を掘り進めたり、神殿らしき巨大建築の土台を造ったり……その他諸々の作業が粛々と進められていく。

街の外壁の上にある大型弩砲《バリスタ》にも魔改造が施され、弦の部分がポークの棘に変えられていた。どんな追加効果があるかは分からないが、正教側にとって新たな悩みの種となることは間違いなかった。

今のところ新拠点メタシムはゾンビが動き回る地獄なのだが、戦いのない平穏な日々に安心している自分がいた。今後の立ち振る舞いや現状について、ある程度安心して考えられる平和な環境だからだろうか。感覚が麻痺しているのは否定しない。

(今の俺には力が足りないな。苛烈な宗教戦争を生き残れるだけの権力、人脈、金、戦闘力といったモノが一切ない。特に戦闘力……追い詰められた時に頼れるのは結局武力だ。どうにかして力が欲しい)

俺のような邪教徒が力を得るためには、アーロス寺院教団の幹部に成り上がる他ないだろう。しかし俺には信頼も実績もない。地道な努力と積み重ねが必要になってくるか。

身体を鍛えて技術を身につけて、様々な経験を積みつつ上司からの任務を完璧にこなす。ヨアンヌとの関係は多少利用できると思うが、基本的には地道に手柄を立てるしかあるまい。将来的には地位を高めて幹部に成り上がっていきたいところ。

だが、ケネス正教もアーロス寺院教団も幹部の席は七名と限られている。原作でアルフィーが正教幹部になれたのは、正教幹部の一人が敵に討ち取られて空席ができたからだ。そうでない場合は、年老いて引退する際に能力を受け継がせるとか、そういった手順が必要になってくるらしい。

無論、こっちの幹部は老衰死とは無縁そうな武闘派ばかりなので、俺が幹部になるためには邪教幹部が少なくとも一人は殺される必要があるわけだ。

空席が生まれた上で俺が最も高い実績を持っていれば、教祖アーロスは次の幹部に俺を選ぶだろう。

いずれ出るだろう幹部の犠牲者の後釜狙いで実績を積み上げていくのが今の方針か。

もし幹部が全然死なないようなら、個人的な理想ではファンキロの脆弱性を突いて殺害できればと思っている。

直接戦闘に限ればファンキロは弱い。何なら今の俺でも手段を選べば勝ててしまうくらいには貧弱だ。クロスボウで遠距離攻撃するとか、爆薬を使って吹っ飛ばすとか。

とにかく彼女はその程度の戦闘力だ。正教幹部に彼女を狙わせて殺害させるのも手だが、本部拠点には大抵アーロスかヨアンヌがいるし、そもそも拠点の場所及び非戦闘員ファンキロの存在は隠蔽されているので、正教側は彼女の存在すら知らないという現状があった。

ファンキロの殺害は他力本願というわけにはいかないだろう。

それに、ファンキロだってヨアンヌ達のように治癒魔法を備えている。中途半端な方法で彼女の身体を吹っ飛ばしたとて、細胞の欠片から復活しながら「自分が今何をしたのか分かっているのかしら」とか言われて絶望すること請け合いだ。

仮に容疑者から除外されるだけのアリバイと信頼があって、かつ爆薬や強酸などの準備が完璧に整った状況であるならば、ファンキロを殺し切って幹部席につくのも手ではある。こんな無謀すぎる作戦なんて、今は夢物語に違いないけれど。

——纏めると、現状を生き残るには上層部の評価を稼ぎつつ自分自身を強くしていかないとダメってことだ。

一刻も早くこんな教団は滅ぼした方がいいのは明白だが、俺には反逆の目がない。ここで行動を起こしても、メタシムの二の舞になるだけ。今はまだ中途半端に反抗するよりも、忠実な部下を演じた方が都合が良いはずだ。

謀反のような行為を起こすのは、準備が整ってから。ただ、その目はまだない。邪教内部を通じて今から作っていく予定だが……上手く進むかどうかは賭けになるな。

最終的には寺院教団を裏切ってケネス正教を勝利させたいんだが、そこまで綺麗に纏まるプランは今のところ思い浮かばない。

（どうしたものか……）

正教の教会跡地で干し肉を食んでいると、背中に嫌な圧を感じた。冷や汗を流しながら振り向くと、そこには顔を顰《しか》めたヨアンヌが立っていた。作業の合間に俺を捜しに来たらしい。

「……どうされました？」

「オクリー、ここはヤツらの教会があった穢らわしい場所だ。今すぐに別の場所に行こう」

「分かりました」

ヨアンヌにとっては崩壊した教会すら嫌悪の対象のようだ。そういえば、ここら辺にはポークの死体も徘徊していない。ポークからしても、視界にすら入れたくないってことなのかもしれない。

「オクリー、ペンダントを出せ。そろそろマーカー交換の時期だ。肉が腐ってきてアタシの一部として感じられなくなってきてる」

「了解しました」

物陰に俺を座らせ、膝の上に跨ってくるヨアンヌ。目と鼻の先で少女の顔が揺らめく。俺の首に手をかけた彼女は、宝物を扱うような手つきでペンダントを持ち上げると、以前のようにマーカーを交換し始めた。

「ファンキロの尋問はどうだった？」

「結果は知っての通りです。数分間お話ししただけで終わりましたよ」

「ぶん殴られたり切られたりしなかったか？」

「……ええ、一応は」

「なら良かった。口添えした甲斐があったかな？」

「何があったか聞かないのですね」

「ん？　結果は分かってたからな。オクリーがアタシ達を裏切るはずがないじゃないか」

「なるほど、流石です」

俺は適当にあしらいながら少女の機嫌を取った。マーカー交換の作業終了を待つのみで手持ち無沙汰だったため、俺は今後のプランについて再度の考察を進める。

強くなるためにはどうするか。ヨアンヌを頼って成り上がるにはどうするか。仏頂面のまま知恵を絞っていると、ふと気になったことが思い浮かんだ。

「ヨアンヌ様、質問があるのですが……」

「ん？」

目の前で繰り広げられる猟奇的な自傷行為をやんわり引き止めてから、俺はマーカーと他人の身体についての解釈を聞いてみた。

「私の手のひらの上にヨアンヌ様の薬指がありますよね」

「うん」

「例えばこれを――このように、私の薬指と入れ替えることは可能なのでしょうか」

とぐろを巻いて硬直したヨアンヌの薬指を自分の薬指の上に当てる。

「もし拒絶反応が無ければの話ですが、面白いことが起きるのではと思いまして」

——ヨアンヌの身体の一部が俺の身体と融合すれば、彼女の怪力や治癒魔法が身につくのではないか。もしくは、それに準ずる何か特別な力が湧いてくるのではないか。この世界だからこそ試す価値のある希望的な予想を口にしてみた。

これは原作では語られなかった領域である。結果が振るわなかったから、わざわざ書く必要もなしと切り捨てられてしまったのかもしれないが……試さないわけにはいかない実験だった。

ただし、人間には血液型や相性というものがある。いくら魔法という便利な概念があっても、他人の身体と融合して拒絶反応が出ないかは賭けだ。

ヨアンヌは目を丸くすると、服の下から大きく持ち上げられて張り詰めた胸の辺りを押さえ始めた。瞳孔が開き、呼吸が荒くなっている。彼女の琴線に触れたようだが、反応するとヤバそうなので努めて無視する。

「んっ……オマエ、やっぱり頭がおかしいよ。アタシは今までそんな発想に至らなかったけど……なるほど、そういう手もあるのか」

どこか嬉しそうに言うヨアンヌ。頭がおかしくて結構だ。

「ヨアンヌ様はお試しされたことがないのですか？」

「あぁ、そういうのは大抵フアンキロが考案するからな。……何なら今やってみるか？　試す価値はあると思う」

ヨアンヌがワクワクした様子で俺の薬指を撫で回してくる。白い指先が交差して、その先の行為を甘く媚びていた。

俺としては「試したこと無かったんだ～じゃあ一旦この話は終わりだね～」って切り上げようとしたんだが……そういえばヨアンヌってこういう奴だった。

しばしの間、考える。数秒ほどで答えが出た。

「やりましょう。左手の薬指、お願いします」

今更躊躇う必要はない。ヨアンヌの提案は好機、とことんまで行ってやるぜ。俺は左腕を差し出した。

正常性バイアスのせいかもしれないが、彼女の身体の一部を受け入れても死なないんじゃないかと確信めいたモノを感じている。もし死んだら笑いものだ。

……なるほど、馬鹿な度胸試しや危険な遊びで人が死ぬのは、こういう心理が働くからなのだろうか。

「ピリッと痛むけど、我慢しろよ」

返答から間を空けず、小ぶりなナイフを取り出したヨアンヌは――何の躊躇いもなく俺の左手を切りつけた。

瞬間、激痛。あっという声が出たかと思えば、一瞬だけ視界を喪失したかのような感覚に襲われ、凄まじい痛みと熱に膝を折っていた。顔面の毛穴という毛穴から汗が滲み出し、強烈な後悔に苛まれる。

そりゃそうだ、指を切れば痛い。切り落とすのはもっと痛い。ピリッと痛むどころで済むはずがない。常識である。

「――――ッ……てぇ……!!」

「ゴ、ゴメンな？　本当にすぐ終わるから……」

「くッ……はは、お上手ですヨアンヌ様。関節の間に刃を通して、一瞬で指を切り落とされるとは……」

地面を転がる俺の指。何よりも優先してそれを拾い上げたヨアンヌは、俺があげたローブのポケットに指を隠してしまった。こいつは何をしているんだ。

めちゃくちゃ痛いから早めにやってほしいんだが、と悶絶していると、ヨアンヌは俺の指の切断面に彼女自身の薬指を宛てがった。粘膜が直接刺激され、露出した神経が激痛を訴える。痛みに打ちのめされて理解が遅れてしまったが、これから癒着が始まるようだ。

治癒魔法がかけられる。指の切断面の皮膚が逆再生されていくかのように回復したかと思えば、ヨアンヌの薬指と繋がっていく。ミチミチという音を立てて、細胞の一片――いや原子に至るまでが融合していくではないか。

「――――ッ！」

突然ヨアンヌの腰が跳ね、ビクンと痙攣する。それどころではない。俺はとんでもないこと

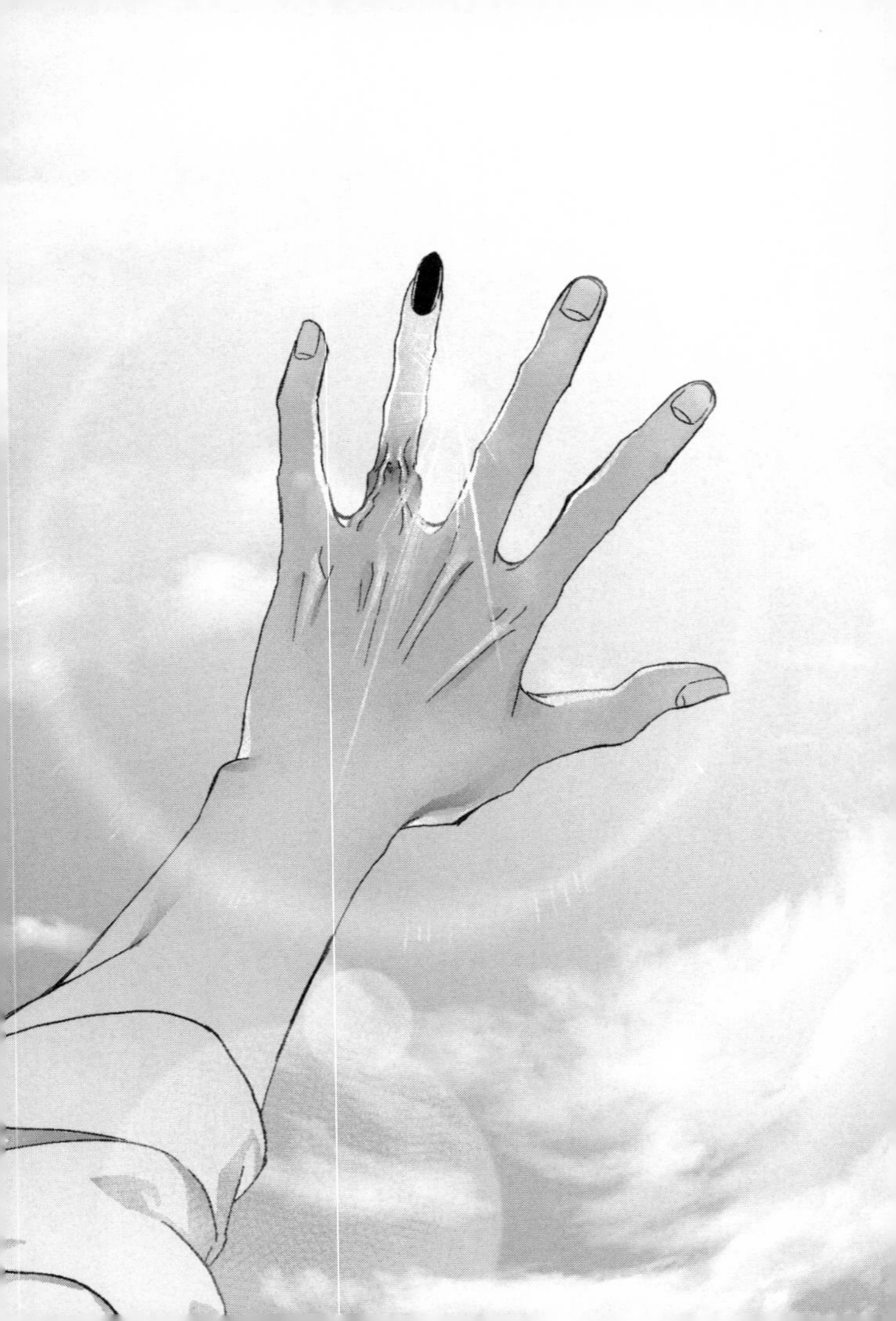

をしてしまったのかもしれない。

「まっ、待って……おくりー、アタシの身体、なんか……熱くなってきた……」

黙れヨアンヌ。俺とお前の身体が繋がっちまったんだ。性的に興奮するよりも、もっとこう何か……あるだろ。

俺は痛みの引いた左手を持ち上げ、まじまじと見つめてみる。光に透かすようにして患部を観察すると、少し日に焼けた俺の肌と病的に白い彼女の肌とで色の境界線が生まれていた。完全に接着されても境目が見て取れるほどに。

では、神経はどうか。恐る恐る指を曲げる。

――動く。何の問題もなく、元々俺の身体だったみたいに。

（どうなってんだ、コレ……）

下腹部を押さえて内股になるヨアンヌを無視して、俺は自らの行為によって生まれてしまった歪な現象に思案を巡らせる。

驚きと期待と不安。喜びの感情よりも、「俺は何かとんでもないことをやってしまったのではないか」という不気味さが心を支配していた。

何度も太陽光に透かして己の左手を確かめてみるが、完全に癒着が完了していてビクともしない。吸盤を剝がす要領で左手の薬指を引っ張ってみるが、完璧に治癒されたヨアンヌの肉片は俺の手と一体化しており、どれだけ弄ってても外れることはなかった。

ヨアンヌのナイフは俺の薬指の第三関節を通り抜けたはずだ。今、ヨアンヌの薬指はそこから生えている。関節同士が隙間なく固着して、神経や血管に至るまで完璧に繋がっているというのか？

息を凝らして注視するが、縫合痕のような事後の変色も見られない。肌の色の差異だけが目立つ形だ。肉体同士、血液同士の拒絶反応による身体異常も今のところはない。

（俺とヨアンヌは遺伝子レベルで相性が良いのかもしれん）

俺は息を荒くするヨアンヌの薬指に視線をやった。治癒魔法をかける前だったので、断面から一定のリズムで真っ赤な血液が押し出されている。

「ヨアンヌ様、私の指をあなたの手に接着することは可能ですか？」

「え？」

「お気に召さなければ結構ですが」

「あっいや、アタシもくっつけてみる！」

ヨアンヌはポケットにしまった俺の薬指を取り出すと、血まみれの断面にぐりぐりと押し付けて治癒魔法をかけ始めた。

見ているだけで痛々しかったので、思わず目を逸らしそうになったが――俺の時と同じように、挽肉を捏ねるような音を立てて断面同士が一致していくではないか。

原作テキストの外。

俺は、俺ですら知らない領域に至ろうとしているのかもしれない。

瞠目しながら合体の過程を見届けた俺は、落ち着きのないヨアンヌに一歩歩み寄った。

「んっ……ふぁぁ……こんな気持ち、初めてだ……スティーラの気持ちがちょっと分かるような気がする……」

腰を抜かしてその場にへたり込むヨアンヌ。恍惚とした笑みを浮かべる少女は、完全に己の身体と一体化した元・俺の薬指に頬擦りした。

頼むからカニバリズム路線は勘弁な。

「アタシな、ファンキロ達に言われてオマエの精神ケアを担当することになってたんだ」

「……そうなのですか？」

「はは……オマエ、やっぱり精神状態おかしいみたいだ」

「…………」

お前に言われたくはない。そもそも俺のメンタルケア担当がヨアンヌってのが前提からして間違っている。どう考えても逆効果だろう。

どちらの頭がおかしいのか今一度詰問してやりたいところである。

……いや待てよ。ヨアンヌはわざわざ俺に会うためにここまで来てくれたんだよな。

それで、イッちゃったまま――と勘違いしている――の俺と薬指を交換したものだから、ヨアンヌの中では俺の狂人判定が確固たるものになったのではなかろうか。

つまり、今の俺への評価が幹部会に報告されるわけだから、しばらくはこの異常者の経過を観察すべしと放置状態が続くのでは？　安心して人体実験の続きができそうだ。

（もしかして来てるのか？　何かこう、大きな流れが……）

俺はヨアンヌの左手を取って、己の左手と見比べてみる。

「ひゃっ、な、なにを……っ」

手のひらを見たり、手の甲を見たり。摘んでみたり、表面をなぞって継目に触れてみたり。様々な視点から薬指を観察する。

やはり彼女の身体と俺の薬指は元々ひとつの組織だったかのように絡みついていた。

（これは……どういう判定なんだ？　移植したヨアンヌの薬指は本当の意味で俺の身体になっているのか？　それとも未だに他人の身体という判定？）

やや哲学的というか、あまりにも不確かな推察になってしまうが……これはテセウスの船に例えられるパラドックスに相当するだろう。

テセウスのパラドックスとは、全ての部品が置き換えられた時、その船は元のそれと同じなのかという問題である。

身近な例を挙げるなら、デビュー時とバンドメンバーが全員入れ替わっているバンド『A』は、本当に元のバンド『A』と言えるのか？　そう言えないのなら、何人替わった時点でバンド『A』ではなくなるのか？　というような感じだ。

「やっ、くすぐったいよオクリー……んっ……」

今の問題に当てはめると、この世界の絶対的法則がどこからどこまでをヨアンヌと判定しているかが重要なのである。

何故なら、判定のされ方によっては、彼女の特異能力である『怪力』や『自分の肉体の探知能力』に加えて『治癒魔法』並びに『転送』が扱えるかもしれないからだ。

オクリー・マーキュリーがヨアンヌ・サガミクスと同一であると世界の法則に判定されたなら、それらの力を使い放題になるはずだ。

そんな思考から、脳内にスピリチュアル的な何かを念じて魔法や怪力を扱おうとするが、切断されて持っていかれた薬指の行方が掴めないのを察して、そもそも彼女の異能は備わっていないと早々に理解してしまった。

部分的に劣化した特性が備わっているかもしれない。そんな期待をして試してみたが、魔法や怪力も身についてはいないようだ。石畳に爪を立てようとしても、爪を支える肌の方が根負けしそうになった。俺は冷静に判断して思考を進めていく。

――彼女の薬指は、ただの一部分に過ぎないということか。

「な、なぁ……いつまで触るつもりだ……？　アタシの身体、本当に熱くて……何か……お腹の下が疼いて堪らないんだが……」

では、ヨアンヌの本体はどこにある？

脊椎？

心臓？

子宮？

脳の中枢？

頭部全体？

それとも特定の部位の組み合わせ？

……いや。どれも移植することが難しい上、その組織を移植すればヨアンヌになれるという確信も得られていない。薬指の移植では何の悪影響も起きなかったが、流石に内臓などの器官を交換するのはリスキーすぎるような気がする。

（……単純に、肉体重量の五一パーセント以上を移植した時、『ヨアンヌ』の判定が俺に移るのかもしれない。そうなると、例によって四肢切断からの交換ルートに突入するしかないぞ……何てことだ……）

肉体の部位ごとの重さは、頭が八パーセント、両腕が一六パーセント、両脚が三〇パーセント、胴体が四六パーセント。つまり純粋な重量でいえば、頭部と四肢を交換すると良い具合になる。

（おっと。思い返してみれば、セレスティアと戦った時のヨアンヌは頭部を喪失した状態でも強い戦闘の意志を失っていなかった。身体の全てを吹き飛ばされた時も、俺が持っていた耳朶

から復活してきた。判別条件は物理的法則に縛られないかもしれん。目に見える部分だけで判断するのは早計か）

……となると、世界の判定基準は基本的に『自我』や『魂』に依存しているのかもしれないな。

ヨアンヌの自我が宿っている肉体にのみ、世界が自動的に『ヨアンヌ』という判定を下す。魔法的な言い方をするなら、魂に紐付けられて力を与えられている……という解釈だと思いたい。

「ヨアンヌ様、質問したいことがあります」

「んにゃっ、な、なに……」

「以前セレスティア・ホットハウンドと戦いましたよね」

「え？　……あぁ」

セレスティアという名前を聞いて、惚けた瞳が正気に戻ってくるヨアンヌ。舌打ちでもしそうな冷めた雰囲気に気圧されながらも俺は話を進めた。

「あの時ヨアンヌ様はマーカーを残して吹き飛ばされました。……どのように復活されたのですか？」

「どのようにって、普通にだけど」

「普通、人は頭部が無ければ思考することができません。というか頭を吹っ飛ばされたら即死です。それなのにヨアンヌ様は治癒魔法を使用して復活されました。肉体の残滓がマーカーのみになった時、どのような過程で復活なさるのですか？」

前々から不思議ではあった。何故幹部共は頭が無くても戦えるのか、と。原作はそこら辺の設定を深くは掘り下げず、ファン達は「まぁバケモン同士の極限ガンギマリバトルだから……」「人間《バケモン》だし復活は普通」「再生系のキャラだしそういうもんでしょ」という受け取り方をしていた。

しかしながら、実際のところはどうなのだろう。頭部が吹き飛ばされた瞬間、自我や魂の類は最も大きな自分の肉塊に宿るのだろうか。もしかすると、頭に近い部分に意志が宿るのかもしれない。

そんな俺の疑問に、ヨアンヌは鼻で笑った。

「そりゃオマエ、覚悟があれば復活できるんだよ」

「覚悟……ですか？」

「あぁ。教祖様のために頑張ろうって心から熱狂すれば、身体は勝手に動く。耳朶だけになったあの時も、煮え滾る闘志があったからこそ復活できた」

……当然と言うべきか、世界の法則に踏み込むような答えは得られなかった。

「私自身がヨアンヌ様に成ることは可能でしょうか？」

「う～ん……それはよく分からない。考えたこともなかった」

「……そうですか」

俺がヨアンヌの異能や魔法を得られないことからも、第二のヨアンヌや劣化ヨアンヌ的な存在を作れないのは確定らしい。具体的な回答は出てこなかった。

そもそもそんな強化兵をバンバン作れるんだったら、人体実験大好きウーマンのファンキロ辺りが思いついてそうなものだしな……。

「仮にこの薬指から復活することになったら、私の身体はどうなります？」

「多分オマエの身体が存在する部分を押し退けて、アタシの身体がニョキニョキ生えてくるだろうな。アタシが押し退けたオマエの部分は欠損する。あ、でも安心しろよ？　アタシは失った部分を生やす治癒魔法が上手いんだ。そんなヘマはしないさ」

なるほど、俺の身体が押し退けられてしまうのか。肉体移植によるヨアンヌ化は無理で、俺とヨアンヌが同化することも不可能、と。

幹部に選ばれると同時に、対象者の魂に対して何かしらの縛りが課される感じなのかもしれないな。

肉体にどれだけ細工をしようと力は得られないことが分かって、ちょっと期待していただけに肩透かしを食った気分だった。彼女に見えないように、背後の壁に軽く左手を叩きつける。

そりゃそうだよな。そんな上手くいくなら、今頃ヨアンヌやポークの分身が暴れまくってるぜ。

一連の流れで得られたものは何も無かったが、空振りであることが分かっただけでも充分である。

「そんなことより聞きたいことがあるんだが、いいか？」

「何でしょう」

「お、オマエは……その……慰める時、どうするんだ？」

「はい？」

唐突な質問が飛んできた。慰める、なんてえらい分かりにくい——

あ、自慰行為のことか。ヨアンヌも知ってはいるんだな。

「すみません、何を仰っているのか……」

「な、なら、利き手はどっちだ？」

「右手ですが」

「だったら……これからは左手でしろ。アタシも左手の薬指を使うようにするから……な？」

「？」

いや、「な？」じゃないが？

この世界で自慰行為に及んだのは数えるほどしかない。元気だった遥か過去と、ごく最近の数回ほどか。まずする暇が無いし、極度のストレス環境故に性欲すら湧いてこないのが日常だ。

ヨアンヌは本部拠点の古城に個室があるから、まぁそういうこともできるのかもしれない。

一応年頃の女の子ではあるし、性に興味があるのも仕方ないだろう。

問題は倒錯的な性癖を俺に押し付けようとすることだ。隠れて上手くやるか、どうか同じ趣味同士で楽しんでほしい。

「左手じゃ無理ですよ。利き手じゃないですし」

「ならアタシが……」

「お戯れを……」

「――もうっ、焦れったいなぁ！　オマエは興味がないのか!?　あるんだろ!?　好きな人の身体に！　そっそろそろ恋人とエッチなことをしたいとか思わないのか!?」

そりゃ、男の本能的にも興味が無いわけじゃない。だがお前はダメだ。死んでしまう。

「少なくとも今はその時ではありません。お断りします」

「……分かった。なら交換してみよう。お互いの性器を」

「え？」

分かった、という言葉から即座に繰り出される第二の矢。

どういうことだ？　交換？　本当に意味が分からない。

「その上でしてみよう。な、気持ち良さそうだろ？」

「あの、ええと。……冗談ですよね？」

「…………」

「…………」

流石にドン引きを隠し切れずに聞いた結果、彼女は頬を真っ赤にしながら顔を背けた。初めて人と会話していて絶句したかもしれない。

(マジか)

ヤバい。この女、遂に性癖が限界突破しちまった。

「あ、良いこと思いついた」

また何かヤバい閃きをしたのか。半ば呆れながら真顔を取り繕う。

「また性的な御提案ですか?」

「ちっ違う! これはしっかりした思いつきだ!」

この少女の「しっかり」ほど信頼できないものはない。

次なる爆弾発言に備える俺。しかし、彼女の口から出てきたのは核爆弾級の弩級発言であった。

「この際、オクリーの指に幹部全員の指を移植すればいいんだよ。オクリー移動要塞化計画ってところかな? どうだ、何だか凄いことが起きそうじゃないか?」

——何を言っているんだ、こいつは。

明らかにおかしい計画を聞いて、いやそれ幹部の身体同士やればよくね? というツッコミすら出てこなかった。

動揺が過ぎ去った後、やっとのことで計画の概要を聞くことができた。

「……失礼でなければ、計画の詳細を聞いてもよろしいですか？」

――オクリー移動要塞化計画。その内容を聞くと、正教側からすれば悍ましすぎる計画が明らかになってくる。

内容はこうだ。まず、俺の指叉は身体の一部を幹部のものと入れ替える。そして、正教側のいずれかの街に一般市民として送り込まれた俺が、所定のタイミングで街の中央に向かう。準備が整った瞬間、幹部全員が突然街の中央に現れるという作戦だ。

確かにこの提案が実現可能なら、正教との宗教戦争は激変するだろう。非人道的な戦法を積極的に行える邪教徒ならではの圧倒的な強みに成り得るし、邪教幹部という人間兵器を一方的に敵地に送り込めるのは正直反則級の戦術だと言ってもいい。

ただ、一〇〇キロメートル単位で肉体を『転送』できるのはヨアンヌのみだ。その他の幹部の『転送』は精々一〇キロ程度の射程しかない。それくらいの距離でも充分といえば充分なのだが……俺には他にも気になったことがあった。

「お言葉ですがヨアンヌ様、そのように面倒な手段を取るよりも、幹部同士で肉体の一部を交換する方が簡単で効果覿面なのでは？」

「……いや。攻撃面だけじゃなく防御面から見ても幹部じゃない教徒が適役だと思う」

俺は彼女の言葉に首を捻る。

身体回復能力を持つ幹部同士がそれぞれの身体を持つことによって、それぞれが保険をかけるような形にするのはダメなのか？　幹部七人が『要塞化』すれば、全員を同時に撃破しなければ即復活するという性悪クソギミックになるはずだ。

半径一〇キロメートル以内に肉片を託した人間が居なければ復活はできないが、どうせ同じ条件なら幹部同士が持ち合わせておく方が余程強いはず——そう言おうとして、俺はあることに気づく。

「今……ヨアンヌ様の薬指……元々私のモノだった薬指を吹き飛ばしたらどうなります？」

「当然、オクリーの部分は喪失するだろうな。もちろんアタシの身体にどれだけ治癒魔法をかけようとも、くっついていたオマエの部分は回復できない。元のアタシの指が生えてくるよ」

なるほど、ピンポイントで攻撃を食らってしまえば、この特殊な肉体癒着状態は強制的に解除されるということか。

『要塞化』を施す人物が幹部以外の教徒でなければならない理由は分かった。

大抵の大規模戦闘は、一般兵同士と幹部同士に分かれて行われる。幹部同士の戦闘は常に肉体損傷の危機に曝されるため、『要塞化』を施されても強みを活かしきれないのだ。

ヨアンヌとセレスティアの戦闘を思い出せば分かる。彼女達の戦いは四肢を吹き飛ばし吹き飛ばされての苛烈なものだった。仮にヨアンヌに肉片を託す幹部がいても、肉体欠損ありきの戦闘においてギミックは上手く作動しなかったはずだ。

他人部分を破壊されてしまえばそれで終わりなのだから、そりゃ幹部同士に保険をかけ合うという意味では使い勝手が悪いに決まっている。

幹部同士が戦っている際、近隣で勃発するであろう一般兵同士の戦いにおいても生き残れるような強い教徒が『要塞化』の適性ありってことか。

「敢えて一般教徒に幹部の肉片を持たせることで、攻撃面に関しては高い奇襲性能を、防御面に関しては意識外の安定した復活先としての役目を期待できるわけですね」

「そういうことだ。セレスティアとの戦いで実感しただろ」

「言われてみれば……」

セレスティアとの二度目の戦いでは、最後まで生き残っていた一般兵の俺からヨアンヌが復活した。

仮に俺が死亡していたとしても、死因は大幅な欠損を伴わない攻撃か矢による一撃。ペンダント内に収まった肉片は消失しなかっただろう。安定した復活先の要件としては一般兵が最適なのだ。

「ついでに託した肉が腐る心配もないしな。何気にこれが一番デカいかも」

……問題があるとすれば、幹部の治癒魔法は彼ら自身にしか適用できず、他人に対してはそこそこの効果しか発揮しないことだな。

彼らの治癒魔法は他人の致命傷を即座に回復できるほどの拡張性を有しておらず、欠損した肉体を再生させるような治療も不可能だ。

もしヨアンヌが俺の薬指を無くしたり、戦いで消滅させてしまったりした場合、俺の薬指は一生戻ってこないことになる。

いや、この際、薬指はくれてやろう。それはもうしょうがない。指の一本くらいは我慢してやる。

だが、仮に幹部七人の復活先となることが決定した場合、俺の指は合計で七本持っていかれることになる。それは流石に不便でしかない。せめて足の指だとか、耳朶だとか、腎臓の片方とか、何なら盲腸とか……そういう部位を無くす方がよっぽどマシである。

肉体損失のことを考えると、幹部七人の肉を移植するのは無理な気がした。何より、邪教の大幅強化に直結してしまう。オクリー移動要塞化を避けたかった俺は、ヨアンヌの性癖と恋心を利用して反対してみることにした。

「良いアイデアだとは思います。しかし、ヨアンヌ様はそれで良いのですか？」

「えっ？」

素っ頓狂な声を上げて大きな目を丸くするヨアンヌ。

どうやら彼女はまだ気づいていないようだ。

「幹部の方々の指を移植したとしましょう。当然左手の五指だけでは足りませんから、右手の指も交換することになりますよね？」

「うん」

「男は自慰行為をしたくなるものです。つまり、右手に移植した他幹部の指ですることになるんですよ。……ヨアンヌ様は、恋人が他の方の指で自慰行為を働いていると知って耐えられますか？　許せますか？」

「……確かに盲点だった」

ヨアンヌの異常なまでの執着心と嫉妬心を利用して、移動要塞化計画を断念の方向に持っていく。どうやら彼女の中で交換部位は指で決定しているらしい。「じゃあ足の指とか耳朶を交換しよっか！」なんて言われないで良かった。

確かに強化イベントは魅力的だが、俺が欲しかったイベントはこういうのじゃなくて、筋肉ムキムキになったり魔法がボーンって出たりするようなやつだ。決して初見殺しのダンジョンボスみたいなギミックになりたいわけじゃない。それに、邪教陣営がとんでもなく強化されるのは望むところではない。

（流石に移動要塞化計画は阻止しなきゃマズい。いつかは試さなきゃいけない実験だったけど、何もこんな方向に転ぶことないじゃないか）

この作戦の恐ろしいところは、種が分からなければ初回の襲撃は確実に成功するだろうということ。意表を突く非人道的戦術の手口が明らかになるまで、対策はどうしても後手に回ることになるだろう。

セレスティアに顔バレはしているが、写真を撮られたわけでもないので街の出入りはフリーパス。俺に似た見た目の人間がいくらでもいる、という事実が更にこの作戦の恐ろしさを際立たせていた。

顔を歪めて独占欲を発揮するヨアンヌを見て安心した俺は、思わずほっと溜め息を吐く。

彼女の顔色からして計画は断念の方向に持っていけそうだ。

ヨアンヌと薬指を交換する程度で済んだ、そう思った瞬間だった。

「それでは今までの話は無かったことに――」

「――それでもオクリー、アタシはオマエにやってほしいんだ」

ヨアンヌの決意が俺の耳を穿っていた。

えっ？　という頓狂な声を上げそうになる。

（な、何で？　今の流れはじゃあ移動要塞化計画はやめとくか～って流れだっただろ！）

ヨアンヌは病的な白い肌を真っ赤に紅潮させ、何かに苦悩している様子だった。

「うぅ……オマエは……オクリー・マーキュリーはアタシのモノだ。誰にも渡したくないし、常に鼓動の音が聞こえるくらいの距離に置いておきたい。それでも正教のクソ共を倒せる方法はこれ以外に無い……やるしかないんだ……」

ああ、そうだ。忘れていた。彼女の中にある価値観は教祖アーロスを中心としているのだ。

こんな性格のくせに、きっちり仕事とプライベートを分けられるタイプなのかよクソッタレ。

「……そんなに葛藤されるようでしたら、ヨアンヌ様以外の幹部は他の教徒を利用するよう提言すれば良いのでは？」

「ダメだ。関わる人数が多くなればなるほど解《ほつ》れは大きくなるし、正教側に計画が伝わってしまえばすぐに対策が始まってしまう。この作戦が初めて公に出るのは、正教に決定的な打撃を与えられる時じゃないと勿体ない」

奇襲攻撃時に限れば、この戦法の爆発力は一人の教徒に七人の幹部の肉を仕込むことで生まれている。対策されようのない初見時であれば街一つを陥落させるに足る計画だ。教団の躍進を使命とするヨアンヌが実績を勝ち取りに行くのは当然のことだった。

それでも、彼女の心には俺に対する独占的な狂愛がとぐろを巻いている。忠誠心と独占欲の狭間で少女は揺れていた。

「……でも、オマエに他の奴らの肉が入り込むのは絶対に許せない。アタシの肉を他の奴らに移植しなくちゃいけないのも嫌だ。あぁ、オマエのことを考えると本当に気が狂いそうになる……」

苦悩のあまり、しとどに泣き始めてしまうヨアンヌ。俺の胸板に飛び込んできて、額をぐりぐりと押し付けてくる。

急にそれっぽい雰囲気になりかけているが、直前の話の内容が全然ドラマチックじゃない。勝手に盛り上がられて、置いてきぼりにされている気分だ。

（この女、何で身体の組織を移植するしないの葛藤でここまで感傷的になれるんだ？　お前が今考案した作戦は、この国の行く末を左右するものなんだぞ……）

大粒の涙をぽろぽろと流すヨアンヌ。こんな怪物のような精神の持ち主でも、しっかりとした女の子らしい温もりと、卑怯なくらいの柔らかさと軽さが伝わってくる。

何らかの言葉を絞り出そうとした俺の気勢は一気に削がれ、握り締めた拳が解かれてしまった。

「アタシ、よく分かんなくなってきたよ……オクリー……」

妙な強迫観念に囚われて、彼女の背中側に回された俺の両腕が何度か宙を掴む。

こんな化け物でも一応は女の子だ。胸の中で泣かれると、こちらとしては何故か俺が悪いみたいな感じがして嫌な汗が流れてくる。

女の涙は武器になると言うが……頼むヨアンヌ。全身凶器のお前がそれ以上武器を増やさないでくれ。

（自然と流されたけど、俺の移動要塞化は確定なのか？　俺の人権どうなってんだ？）

彼女を突き飛ばすのも一興だったが、多分逆上して殺されるだろう。それならとことん甘やかして彼女に取り入るしかない。

「大丈夫ですよ」

根負けした俺は、そう呟いて控えめに彼女を包み込んだ。

痩せた背中に手を回し、小さな肩を抱き寄せる。骨ばった背中を服の上から撫でてやると、波打つ肋骨の上に薄らと柔な肌が乗っているのを感じられた。この間身体を粉々にされていたはずなのに、力強い心臓の鼓動が聞こえた。

段々と啜り泣きが落ち着いてきたヨアンヌは顔を上げ、背伸びをしながら俺の肩の上に顎を乗せる形になる。計算ずくなのか、容赦なく彼女の双丘が押し付けられ、思わず後ろ側に仰け反ってバランスを崩す。

そのまま胡座《あぐら》をかくような姿勢で着地してしまい、俺が姿勢制御に手間取っている間に、ヨアンヌは俺の首筋に鼻を当てて深呼吸し始めた。

ヨアンヌが男だったら、こんなこと許してないだろうなと思う。幹部連中に女が多いのは、恐らく原作が男性向けのアダルトゲームだからだ。ある意味助かってはいるが、女だろうが男だろうが邪教徒には今でも拒否感がある。

（いつの間にかヨアンヌの好感度がヤバいことになってないか？）

薄い服を通じて温もりが触れ合っている。怪物の肌は柔らかい。細く白い曲線を描く両腕が俺の肩に絡み付き、すらりと伸びた脚が俺の腰を挟み込む。たまに尾骶《びてい》骨の辺りに厚底ブーツがぶつけられ、彼女の愛情表現の激しさに呆気に取られる。

全身全霊で密着しようとするヨアンヌの頭をぽんぽんと叩いて、俺は「いいですか」と囁いた。もちろん「もう本当に勘弁してください」「イチャつく暇があるならまだ実験したいんですけど」という意味である。

するど、少女は何を勘違いしたのか「えっ」と戸惑い始めた。ヨアンヌは密着させていた身体をそっと引き、口元を隠すように桜色の唇に指を乗せる。

ヨアンヌは潤んだ螺旋の双眸を二度三度左右に泳がせていた。

「わ、分かった……オマエがそう言うなら」

掠れたような照れた声で呟いたヨアンヌは、俺の肩に両手を乗せてくる。

（……んっ？）

強烈な力で引き寄せられ、至近距離で向き合う形になる。

そして、視線が定まった。

俺のことをじっと見つめてきた少女は、バツが悪そうに頬を掻いてから。

「……んっ」

小さく窄めた唇を突き出してきて、そのまま俺の唇に重ねてきた。

「――んんっ!?」

何が起きたか理解できずに固まっていると、妙に汗ばんだ彼女の首筋から、防御の緩い胸元に珠汗が流れ込んでいくのが見えた。

「アタシからさせるなよ……バカ」

バカはどっちだ。どう考えてもキスする雰囲気じゃないだろ。指切断して交換してから五分も経ってないんだぞ。

俺は鯉のように口をぱくぱくと開閉させてから、耳を真っ赤にしたヨアンヌが立ち上がっていくのを愕然と眺めていた。

（……い、いや、落ち着け俺。今日はキスで終わって助かったと思うべきだ。ノーモーションで腕を切り落とされるとか、そういうのが無くて本当に良かった……！）

指交換で彼女の欲求を満たせたのが大きかったのかもしれない。とにかく、中途半端は一番ダメだ。行くならとことんまで突き詰めるしかあるまい。

ヨアンヌ攻略に関しても、四肢切断を回避しながら究極的に突き進もう。そういう風に生きなければ、この世界で生き残る道はない。

全力で生き、力をつけ、知恵を振り絞り、殺し合い、勝ち残った者だけが生きていける。

ヨアンヌの手を借りて立ち上がった俺は、左手の薬指を見下ろした。

そこには惨烈な愛の結晶が存在した。怪物の不器用すぎる愛情表現である。

「移動要塞化計画のことは幹部会議で話題にしてみるよ。オマエの手柄だ」

「……分かりました」

恐らく彼女の中では決定事項なのだろう、オクリー移動要塞化計画について言及してくるヨアンヌ。

この作戦には、悪辣な作戦立案を得意とするファンキロが興味を示すだろう。教団戦力の増強に繋がるから……と、教祖のアーロスも大賛成してくれるだろう。ポークやスティーラ、その他の幹部は分からないが、概ね賛成意見多数で計画は進んでいくはずだ。

たった一つ助かったことがあるとしたら、俺の手柄だと言ってくれたことか。

教団内の立場を固めるには良い実績だ。俺の敵愾心《てきがいしん》を隠す霧になってくれる。

今後は更に従順な邪教徒として振る舞い、逆転の手を探る日々が続くだろう。

メタシムのような致命的な失敗を繰り返さないよう、深く息を潜めて好機を待つ。

問題は山積みだが、過去には戻れない。

俺はヨアンヌに手を握られながら、廃墟の街の一角で肩を寄せ合った。

「アタシはオマエのことが好きだ。誰にも渡したくない」

一度想いを伝えた分、躊躇がなくなったのか、背伸びしながらもう一度名残惜しそうに唇を重ねてくるヨアンヌ。恋心と使命の間で揺れる少女の瞳は、ほんの一瞬だけ正気を取り戻していた。


「……オマエはずっとアタシのモノでいろよ、オクリー」


動き出した歯車は止まらない。

どれだけ願っても、止まってくれはしないのだ。

# あとがき

はじめまして、へぶん99と申します。

まずはこの本を手に取ってくださりありがとうございます。

当作品はＷＥＢに掲載されていた小説が元になっています。基本的な内容はＷＥＢ版と変わりませんが、書籍化にあたって本編のハードな雰囲気を和らげるため素敵なエピソードを追加したり、その他の校正を加えたりしたものが本書です。

当作品を執筆しようと思ったキッカケは、かねてより気になっていたジャンル『ゲーム世界転生モノ』を自分も書いてみたくなったという安直な欲求からです。

原作主人公や悪役令嬢、辺境貴族や陰の実力者に転生する物語案もありましたが、カルト教団の雑魚モブに転生して奔走する物語にすれば個性もあって面白いんじゃないかと思い、勢いに任せて本作を執筆しました。

本作を執筆する上で最も悩んだのは、メインヒロインのヨアンヌについての描写です。

彼女は主人公のオクリーに好意を寄せる可愛らしい女の子なのですが、オクリーからすると彼女は信頼するにはあまりにも危険すぎる相手です。この「敵か味方か分からないメインヒロイン」という絶妙な距離感を表現するのが最も楽しく、そして難しかったですね。これからもヨアンヌの描写には苦慮させられることでしょう。

そんなヨアンヌを含めたキャラクターデザインを担当してくださった生煮え先生には、本当に頭が上がりません。イラストをいただいた時には何時間も見惚れてしまいました。

さて、今後の展開ですが、覚悟を決めた主人公によって作品の過激さが増していきます。カタツムリとエンゲージフィンガーより酷いことになるの？　なります。

書籍化が決定した際には読者の皆様と共に「これが本になって大丈夫なのか……？」と一種の絶望を感じたほどですが、今ではこのトンデモ作品が書籍として売り出されていく事実に至福の喜びを感じています。

是非、ネットのご友人などに本書をオススメしてください。作者が喜びます。

最後に謝辞を。書籍化にあたって様々なサポートをしてくださった担当編集者様、素敵なイラストでキャラクターの魅力を最大限に引き出してくださった生煮え先生、その他関係者の皆様にはこの場で謝辞を述べさせていただきます。ありがとうございました。

では最後に、この本を手に取ってくださった皆様、そしてＷＥＢ版から当作品を応援し続けてくださった皆様、本当にありがとうございます。

次巻でまたお会いしましょう。

## ファンレター、作品のご感想をお待ちしています!

【宛先】
〒104-0041
東京都中央区新富1-3-7　ヨドコウビル
株式会社マイクロマガジン社
GCN文庫編集部

**へぶん99先生 係**
**生煮え先生 係**

### 【アンケートのお願い】

右の二次元バーコードまたは
URL (https://micromagazine.co.jp/me/) を
ご利用の上、本書に関するアンケートにご協力ください。

■スマートフォンにも対応しています（一部対応していない機種もあります）。
■サイトへのアクセス、登録・メール送信の際の通信費はご負担ください。

GCN文庫

# 全員覚悟《ぜんいんかくご》ガンギマリなエロゲーの邪教徒《じゃきょうと》モブに転生《てんせい》してしまった件《けん》

2024年5月26日　初版発行

著者　へぶん99

イラスト　生煮《なまに》え

発行人　子安喜美子

装丁　伸童舎株式会社
DTP／校閲　株式会社鷗来堂

印刷所　株式会社エデュプレス

発行　株式会社マイクロマガジン社
〒104-0041　東京都中央区新富1-3-7　ヨドコウビル
［販売部］TEL 03-3206-1641／FAX 03-3551-1208
［編集部］TEL 03-3551-9563／FAX 03-3551-9565
https://micromagazine.co.jp/

ISBN978-4-86716-577-5 C0193